N'oubliez pas Marcelle

W0205816

Du même auteur

Romans

Journée d'anniversaire, Calmann-Lévy, 1998.

Le Postier, Calmann-Lévy, 1999.

Un amour malheureux, Pauvert, 2000.

Mémoires d'un oiseau, Pauvert, 2002.

La Lampe, Gallimard, 2003.

Le Rêve de Martin, Grasset, 2006.

Juste avant l'hiver, Grasset, 2009.

Le Drapeau de Picasso, Grasset, 2010.

Plusieurs mois d'avril, Gallimard, 2011.

Sans garde-fou, Grasset, 2013.

Loin du soleil, Le Rocher, 2020.

Nouvelles

Jamais le droit de crier, The Menthol House, 2019.

Françoise Henry

N'oubliez pas Marcelle

Roman

éditions du
ROCHER

Remerciements

L'auteure remercie le Conseil général du Nord de lui avoir accordé une bourse de résidence d'écriture à la Villa Marguerite Yourcenar, au Mont-Noir.

Elle remercie aussi chaleureusement toute l'équipe de la Villa, dont la directrice Marianne Petit, de l'avoir si bien accueillie.

Tous droits de traduction, d'adaptation
et de reproduction réservés pour tous pays.

© 2023, Groupe Elidia

Éditions du Rocher
28 rue Comte Félix Gastaldi – BP 521 – 98015 Monaco

www.editionsdurocher.fr

ISBN : 978-2-268-10936-7
EAN Epub : 9782268109466

À mon amie écrivaine
Pierrette Fleutiaux

Elle a tout donné à tout le monde, elle n'a jamais compté pour elle-même, du reste elle ne comptait pratiquement pour personne, elle a juste mené sa route comme on suit une route parce qu'on sait qu'on a un bout de chemin à faire sur cette terre et on essaie de s'en acquitter du mieux possible, elle a vécu longtemps quand même, presque un siècle, de 1922 à 2018 – elle n'a pas connu la pandémie, Dieu lui a épargné ça –

c'est une vie comme une autre dirait-on mais pas tout à fait non plus car aucune vie entendez-vous bien aucune vie n'est exactement comme une autre

c'est une vie qu'on peut choisir de raconter parce que justement si on ne la raconte pas, comme elle est déjà presque tombée dans l'oubli, alors là ce sera un trou noir

et bien sûr qu'on pourrait essayer de sauver une autre vie en lui consacrant un bouquin, un petit bouquin de plus, mais même en y vouant toutes ses forces en y consacrant tous ses jours et toutes ses nuits armé d'un stylo on ne pourra jamais sauver toutes les vies alors la sienne, oui parce qu'il y a quelque chose dans cette vie, quelque chose qui semble ne pas vouloir mourir

on peut même la raconter sans mettre de point car dans une vie il n'y a jamais de point si ce n'est le final quand il n'y a plus rien à dire

Donc une seule vie démarrée en mai 1922 sous le signe du taureau et on sait bien que dans ces années-là encore, naître l'aînée d'une famille, et surtout naître fille ! c'est forcément bientôt devenir une petite mère – c'est, déjà et sans qu'on le clame, un sacrifice prévu, un petit plus qu'on vous octroie d'office mais aussi un petit moins

Elle s'appelle Marcelle, on l'a appelée comme ça se fait alors – ou bien serait-ce en mémoire d'une autre Marcelle, sœur de son père, morte d'une méningite à 2 ans ? – et c'est un prénom qui nous semble tellement désuet qu'il n'est même pas revenu à la mode, au contraire de certains de cette époque : Louise en tête et Juliette et même Suzanne, alors que Marcel au genre masculin est revenu, lui, mais pas Marcelle au féminin, Marcelle est passée à la trappe

La petite Marcelle qui est jolie et « très éveillée » a droit à sa glorieuse photo prise en studio, en noir et blanc, cadrée dans un ovale tel un miroir, où elle porte un gros nœud de satin dans les cheveux et semble heureuse comme tout enfant qui naît dans une bourgade de province au sein d'une famille avec des parents affectueux, des commerçants qui « aiment leur métier », pas trop de problèmes d'argent à partir du moment où on bosse tous les jours que Dieu fait, de 8 heures du matin à 8 heures du soir y compris les dimanches et fêtes – sauf le lundi de Pâques et le lundi de Pentecôte – car il n'y a pas encore les 35 heures et on pense que la vie c'est surtout fait pour travailler

que c'est ça le plus important : avoir un boulot

qu'il faut « gagner sa vie »

Alors elle naît dans cette famille où tout va bien apparemment, je n'ai pas beaucoup de détails sur sa naissance et ses premières années

sauf que, née déhanchée, elle a dû être opérée à l'âge de 2 ans, puis subir huit mois de plâtre et ensuite plusieurs mois de rééducation au cours desquels on la promène dans une « voiture spéciale », elle reste souvent seule l'après-midi, assise dans une chaise haute qui la maintient, et si elle fait tomber ses jouets, elle doit attendre que son père ou sa mère passe pour demander calmement : « Est-ce que tu peux ramasser mes jouets ? », mais au bout de cette année difficile où « elle ne s'est jamais plainte » elle marche sans problème

C'est la petite Marcelle Jallard

Je n'irai pas chercher d'autres anecdotes qu'il me faudrait quêter auprès de gens déjà trop âgés, ou encore perdus de vue : ce que je peux dire c'est que ses parents tenaient la chapellerie dans la rue Nationale de D. – auparavant le grand-père paternel était arrivé dans cette petite ville dépourvue de chapelier, il s'était mis à fabriquer lui-même les chapeaux en tant qu'artisan compagnon, puis il avait monté sa propre boutique, et au retour de la guerre son fils, le père de Marcelle, avait repris le commerce

Les gens venaient de loin même des villages ou hameaux les plus reculés pour se procurer leur couvre-chef car à cette époque, il y a pratiquement cent ans, presque tout le monde portait un chapeau et d'ailleurs, répétait la mère de Marcelle, « on ne sort jamais sans chapeau, en cheveux ça ne se fait pas ! »

Surtout le dimanche matin les clients accouraient des campagnes environnantes de ce pays de Loire, les jours de semaine ils travaillaient dur aux champs et/ou avec les bêtes, c'est pourquoi il fallait absolument être *Ouvert* le dimanche pour les dépanner sinon on aurait perdu toute cette clientèle

fidèle

Donc pas beaucoup de temps pour s'occuper de l'enfant

Mais la petite ville, oui je la connais, le lieu de toute cette vie je le connais presque par cœur sauf que je n'ai, à l'heure actuelle, hélas plus de raisons d'y revenir

une par une les raisons sont tombées

les voix familières se sont tues, les rires se sont éparpillés

les gens disparus

les volets fermés

la maison vendue

en poussant la porte de l'immeuble dès le rez-de-chaussée, et dans le couloir qui dessert plusieurs appartements, on peut encore, aujourd'hui, respirer l'odeur de renfermé des vieilles pierres des vieilles tomettes jaunes et des vieux murs

– mais c'est étrange il s'élève aussi comme un effluve de pâte d'amande : délicat, parfumé

cet effluve vient à vous
vous happe vous prend la main
vous oblige à vous souvenir
et après on continue, une fois la porte refermée,
sa propre vie

Plus de raisons sauf la mémoire

– on dit que la mémoire n'aide pas à avancer mais je pense que c'est faux –

donc avançons sans peur et sans reproche
et continuons le combat
pour maintenir cette vie à flot
pour qu'elle ne sombre pas trop vite

Marcelle est née dans cette petite ville des bords de Loire, aux confluents de l'Arroux, de la Bourbince, de l'Arconce et de la Vouzance – au total 100 kilomètres de berges –

et surtout dotée d'un pont-aqueduc – 243 mètres de long – ce qui est notoire paraît-il car peu de villes bénéficient de cet atout – atout qui aujourd'hui n'est plus que touristique, notamment l'été, mais autrefois surtout économique

Mais la Loire c'est plus que ça

c'est une présence, l'eau, irremplaçable

une ville que n'entaille aucun fleuve ne sera jamais aussi vivante aussi bruissante aussi transparente qu'une ville traversée par de l'eau

c'est ce qui lui donne tout son prix

toute sa rumeur tout son scintillement

toute sa rêverie aussi

c'est ce qui fait que les murs des maisons y gagnent un reflet, que la pierre paraît mouvante

et les bords de Loire surtout, de la Loire un peu mélancolique avec des teintes jamais trop violentes sous des cieux jamais trop ardents, ont une douceur à laquelle on peut se laisser prendre et tant mieux, allons-y

Partons sur l'enfance de la petite Marcelle, une blonde aux yeux bleus parce que c'est de famille

même si, cette enfance, je n'en connais donc pratiquement pas grand-chose

sauf :

il y a le père qui se lève très tôt même l'hiver alors qu'il fait nuit, il va dans son atelier au fond de la cour et il menuise de 5 à 7 avant d'ouvrir son magasin à 8 heures

il lui a fabriqué des meubles en bois pour ses poupées, et une épicerie décorée et peinte que nous avons toujours

ainsi qu'une coiffeuse à sa taille, dotée d'un imposant miroir ovale qui pivote et s'incline vers votre visage – ou s'en éloigne – et avec trois tiroirs de chaque côté pour y ranger les accessoires de toilette

assortie à un siège à sa mesure de petite fille

Et puis il y a la mère qui travaille aussi au magasin toute la journée et elle ne peut s'occuper de rien d'autre, elle n'a pas le temps

Alors que fait la petite Marcelle ? elle est déjà très ordonnée très sage elle est la fille dont rêvait son père et elle a aussi « un bon caractère » comme dit sa mère, « on ne l'entend jamais, elle sait jouer seule »

tout lui sourit encore, elle est l'unique enfant et lorsqu'elle vient au magasin les clients la trouvent mignonne comme toute gamine bien élevée et souriante

On ne va pas tout gâcher dans la vie, tout part si bien, la petite ville du département de Saône-et-Loire où serpente paresseusement la Loire sous les arches du fameux pont, la vieille maison de la rue Nationale avec ses greniers à étages, et le magasin aux longues banques de bois et aux rayonnages remplis de boîtes à chapeaux rondes ou légèrement ovales, au bord souligné d'un fileté doré, marquées Fléchet ou Mossant, sans oublier les longs cartons de chemises tout plats car ça y est, le commerce est devenu si florissant qu'on s'est diversifié et on s'appelle désormais Chapellerie-Chemiserie, on vend aussi les pyjamas, les bonnets, les chaussettes et les mouchoirs, mais les recettes principales ça reste les chapeaux

Et puis il y a celle qu'on appelle la Yaya, la bonne qui a pris soin du père, Lucien, quand il était petit, et paraît-il que lorsqu'elle frottait le parquet à genoux il montait sur son dos pour qu'elle le promène

La Yaya arrive à 7 heures, elle prépare le café, s'attelle au ménage, puis elle gère les courses et le déjeuner, et une fois la vaisselle terminée à 13 heures elle s'en va – auparavant elle s'est levée à 5 heures pour tout préparer pour son mari et surtout faire le lit car, décrète-t-elle, « on ne part pas sans avoir fait le lit ! » – alors Marcelle a la Yaya, tous les matins, qui la couve et la chérit telle une perle, qui lui donne le bain une fois par semaine et Marcelle se souvient qu'avec elle « elle ne risquait pas de boire la tasse, c'était le bonheur », car on sait bien que les personnes comme la Yaya, qui n'ont pas vraiment de vie à elles et juste le devoir de travailler pour la gagner, chérissent les enfants des autres, ceux aux parents trop occupés

Nul doute qu'auprès de la Yaya la petite Marcelle apprend les premiers gestes de la parfaite maîtresse de maison

Non, on ne va pas tout gâcher surtout qu'on n'est encore qu'en 1927 et qu'on respire enfin, un peu, après les dommages de la Grande Guerre

C'est à ce moment de son enfance qu'apparaît un autre personnage de première importance : la Grande Poupée, à tête de porcelaine et aux joues peintes en rose, aux yeux bleus enfoncés tels des boutons brillants dans leurs orbites, mais surtout aux vrais cheveux collés sur le crâne – à qui ont appartenu ces anciens cheveux ? c'est un peu troublant d'y penser – et aux membres figurez-vous tout articulés, voilà c'est le cadeau du

Bonhomme Janvier – le Père Noël se contente, lui, de fournir l'orange précieuse et les noix – mais il va falloir s'en occuper ainsi que d'une Petite Personne, selon le vocabulaire qui sied à l'époque notamment dans *La Semaine de Suzette* et dans les magazines conçus exprès pour les petites filles modèles

Il va falloir la vêtir, apprendre à lui coudre lui tricoter lui crocheter des habits variés comme si c'était un être vivant dont Marcelle, gamine encore! serait la mère

et la Poupée a sa dînette de porcelaine pour elle seule avec le service à café et le service de table mais aussi un lit en bois que lui confectionne son grand-papa – le papa de Marcelle –

ainsi qu'une table de nuit du même bois avec un tiroir qui s'ouvre et se ferme EN VRAI et aussi une armoire avec une penderie pour y suspendre ses habits grâce à des cintres bricolés à l'aide de fil de fer et que j'ai retrouvés il y a peu

et puis deux canapés de rotin style Récamier qui n'ont pas trop mal vieilli

tout cela accordé à la taille de la Poupée

et tout ressemble aux vrais outils et ustensiles de la vraie maîtresse de maison, même le moulin à café en bois, miniature, dans lequel on peut moudre quelques grains

Alors bien sûr avec tout ça, à l'enfant Marcelle on lui apprend à être mère – il y a aussi un poêle en fonte tout noir, très lourd pour sa petitesse, un poêle semblable à celui qu'utilise la Yaya, avec un couvercle qu'on soulève pour y tisonner le feu, et puis un four et deux brûleurs de taille différente dont on peut ôter un par un les cercles concentriques ou sur lesquels on pose deux marmites noires miniatures, lourdes aussi, et un tuyau bien droit qui ne mène à rien, pour qu'une fumée imaginaire s'en échappe : seuls quelques tiroirs ne s'ouvrent pas et sont là juste pour l'apparence ou la déco mais à part ça

tout est VRAI

tout est VRAI

À l'époque c'était un compliment de dire : « Tu es une vraie petite maîtresse de maison »

N'oublions pas le baigneur en celluloïd qu'un autre Bonhomme Janvier tout aussi zélé s'est hâté de lui offrir car il est important de savoir pouponner – la Poupée est, en fait, d'ores et déjà une Demoiselle

Là, avec le baigneur, on peut lui coudre des langes dans le tissu bien solide de vieux torchons

ce qui est étrange c'est que ses lèvres sont peintes d'un rouge tellement vif qu'on dirait qu'il a du rouge à lèvres ce faux bébé

en tout cas il est tout léger, il semble tout creux à l'intérieur et très fragile : un petit coup malencontreux ou encore il tombe et crac! son front s'effrite – vulnérable telle la fontanelle des nourrissons – sauf que lui c'est sur du vide que ça s'ouvre

il a les yeux toujours ouverts et un air un peu émerveillé

avec ses bras qui en même temps se tendent vers vous car à l'intérieur de son corps creux ils sont reliés transversalement par un élastique

et on donne au Jeannot – car il s'appelle Jeannot – de vrais habits de nourrisson et peut-être même d'elle, de l'ancien bébé Marcelle

des brassières de coton blanc cassé qui se nouent de façon très compliquée en s'enroulant deux ou trois fois autour de son dodu ventre de celluloïd et elle s'applique

elle veut tout faire bien, comme Maman avec le Bébé qu'elle fut

Sauf que, presque mère, elle va aussi bientôt le devenir avec quelqu'un de beaucoup moins sage, moins propre, et plus lourd que le Jeannot : le Petit Frère – il faut se réjouir de la naissance d'un frère car c'est un événement joyeux, n'est-ce pas ? – or le nouvel enfant, qui arrive presque six ans après Marcelle, qui pèse plus de huit livres et s'appelle Louis, bouge énormément, beaucoup plus que Jeannot l'immobile, que Jeannot le ravi de la crèche, il bouge il crie il gigote il sourit aux anges il bave il gémit il pleure il hurle il fait pipi il fait caca et il dort même parfois ouf ! il a les yeux fermés

et les poings, fermés aussi, car « il dort à poings fermés »

il est blond et frisé il est adorable c'est un garçon

On peut dire que le petit frère, lui, est VRAIMENT VRAI

Petit frère Louis donc, ça y est, fait partie de la famille, une famille de quatre et sans doute qu'on s'arrêtera là ! soupire Marie-Louise sans rien en laisser voir, conciliante et douce Marie-Louise

une fille un garçon : c'est bien fait c'est bien rond, non ?

elle est fatiguée elle n'a pas forcément la fameuse fibre maternelle

La Yaya l'adore, le petit frère Louis, la Yaya le berce et lui chante des chansons comme :

« Quand Barthélemy danse, danse, danse… »

elle l'appelle « le chéri » et affirme :

« Y a jamais eu sur terre un enfant aussi beau »

et quand il pleure elle lui prépare un biscuit qu'elle lui émiette dans une « eau rosée » pour le fortifier mais qui est la Yaya, finalement ? – il faudrait sans doute un autre bouquin, un petit bouquin de plus, pour redonner vie à cette personne à jamais mystérieuse qu'est la Yaya, qui fait partie de ces gens semblant n'exister, dans la mémoire des autres, que par leur dévouement

Pourtant elle aussi la Yaya – quel est son prénom initial ? – a été une fillette, vive, courageuse, qui aimait chanter, danser

mais très vite elle a dû gagner sa vie

maintenant on se rappelle que pour la fête annuelle de la ville il y avait des invités au dîner, et c'était la seule fois où la Yaya arrivait chez les Jallard à cette heure vespérale, bien habillée, bien peignée, embaumant l'eau de Cologne car elle savait que chacun des convives l'honorerait d'une bise

Alors Marcelle va, évidemment, s'occuper aussi de son frère qu'elle aime forcément puisque c'est son frère, elle a déjà 6 ans et demi et on est en 1928

D'autant que papa Lucien et maman Marie-Louise sont surchargés car le magasin ne désemplit pas, les gens accourent de loin pour se payer leur galurin, les deux parents sont à la commande et à la vente et en plus Marie-Louise gère la comptabilité c'est pour ça qu'elle gardera toujours un esprit vif en mathématiques, sera experte en calcul mental même très âgée

Ils travaillent continuellement debout, ils font des aller-retour au fond dans les réserves dès qu'il manque une taille

et avec ça, toujours d'humeur égale : c'est la règle

On peut donc dire que ce sont des parents aimants

mais/et

très occupés

Rien d'autre à signaler sur cette enfance modèle : Marcelle n'est pas capricieuse elle est studieuse – elle a de bonnes notes à l'école – et toujours prête à rendre service

que des compliments à lui remettre et de toute façon à cette époque les enfants ne sont pas encore les rois du monde

ils obéissent ils écoutent ils sont là

tous deux élevés de façon très religieuse : le dimanche matin ils vont ensemble à la messe de 10 heures – Marie-Louise y est déjà allée à 7 ou 8 heures avant d'ouvrir la boutique –

on n'oublie pas le jour du Seigneur

Marcelle aime cette maison animée où dans le vieux magasin au rez-de-chaussée les clients affluent – mais aussi les amis : Lucien veut qu'il y ait du monde autour de lui, ça le rassure, ça lui ôte un peu l'angoisse des souvenirs de la guerre

elle aime cette vie où tout le monde se connaît

cette animation cette joie dans la maison

tant qu'elle peut demeurer à l'écart

tant qu'elle peut garder son univers secret

même si tout ça n'est pas conscient dans son esprit, du moins elle ne se le formule pas, c'est juste une sensation de bien-être – comme les enfants qui aiment s'endormir dans leur chambre en captant le bruit confus des adultes vaquant dans les pièces voisines, les voix les rires les pas c'est la preuve que d'autres sont là non loin d'eux et veillent, alors ils plongent rassérénés dans le sommeil, ils peuvent dormir si les autres ne dorment pas, et ça peut rester longtemps en eux, même grands, le souvenir de cette jouissance et le besoin de cette sécurité

Lucien et Marie-Louise parfois se font remplacer au magasin quelques jours par une ouvrière et ils s'offrent un voyage dans le sud de la France ou à l'étranger d'où ils rapportent

de la vaisselle

des meubles

car ce sont des commerçants et leur plaisir, c'est de voyager et d'acheter – acheter au lieu de vendre : se trouver, pour une fois, de l'autre côté du comptoir

Lucien gâte Marie-Louise, Lucien a toujours voulu gâter sa femme qui ne hausse jamais la voix, qui est elle aussi une personne mystérieuse mais plus encore que n'importe qui, car son désir profond c'est de ne pas se faire remarquer

d'arrondir les angles

certains diront d'elle – un peu critiques ? – que c'est une « arrondisseuse d'angles »

Alors que lui, Lucien, après sept ans passés sous les drapeaux – pas de pot : avoir 18 ans en 1911 ! on est bon pour trois ans de service jusqu'en 1914 et alors démarre la Grande Guerre, on rempile pour quatre ans jusqu'en 1918 et on en sort gazé, et la Croix de guerre honorifique n'arrange pas tout – ça lui a causé des dommages pour toute la vie, notamment pour les nerfs

On dit de lui poliment qu'il est « très nerveux », qu'il a « des dehors quelquefois un peu vifs »

mais c'est peu de le dire : c'est une petite bombe qui éclate à chaque fois ce sont des éclats de voix et le poing qui s'abat sur la table

une sensibilité démesurée à ce qui ne se passe pas comme prévu

une capacité très érodée à supporter la moindre anicroche

une impossibilité d'accepter le moindre retard

alors bien sûr il tempête il gronde il se met en colère

et les enfants n'oublieront pas ces crises paternelles

Mais je ne voudrais pas omettre de souligner qu'en dépit de cette nervosité maladive – d'ailleurs ça n'a rien à voir – c'était un homme bon :

« la bonté même » dira-t-on

« un cœur d'or »

Pour l'instant voici que Louis a 4, 5, 6 ans et il s'amuse, le polisson, à courir après sa sœur avec une queue de lézard dans la main – qu'il a coupée lui-même, le garnement ! mais ça se coupe facilement paraît-il – parce qu'il sait qu'elle a la frousse de ces petits reptiles

il est assez coléreux aussi, or son père veut qu'il soit bien élevé alors il le prive de dessert puisque qu'il le sait gourmand, notamment de poires juteuses

c'est un enfant joueur et farceur, on dira qu'il est « très taquin », en fait il est gai, toujours à rigoler, à s'amuser, c'est « un bon petit diable » écrirait la comtesse de Ségur

Justement, la comtesse de Ségur c'est la lecture principale de Marcelle dans de beaux livres brochés de la Bibliothèque rose illustrée, à la couverture plutôt framboise écrasée, au papier épais, lisse et légèrement brillant – le rose a vieilli aujourd'hui, non sans charme, et le papier s'est piqueté de mordoré – tandis que les illustrations à l'encre noire, très fines, évoquent les dessins de Gustave Doré

et dans ce monde inventé voire concocté par la gente dame, Marcelle serait Camille ou Madeleine, l'une des deux petites filles modèles mais sans doute davantage Camille l'aînée, la plus sage

Dix années passent ainsi, de 1928 à 1938

sans qu'on sache qu'on s'achemine insidieusement vers la guerre

Marcelle a désormais 16 ans, elle s'est inscrite au cours de théâtre d'une association et il lui échoit l'honneur de jouer, à la Maison pour Tous, dans un spectacle adapté du roman de Germaine Acremant : *Ces dames au chapeau vert* – décidément les chapeaux ça lui colle à la peau – ce qui restera pour toujours un de ses plus beaux souvenirs, un des moments où elle s'est fait plaisir, où elle a eu un « rôle » plus que jamais dans sa vie réelle et cela ne regardait personne d'autre qu'elle, même si elles œuvraient à plusieurs, ces dames chapeautées,

c'était un moment de grâce

Puis un jour le petit Louis vers l'âge de 10 ans a un accident : en voulant cueillir des chardons il se fait piquer à la tête par 7 frelons – 7 d'un coup : comme dans le conte du *Vaillant Petit Tailleur* !

Quand les trois premiers le piquent il se met à courir et les entend à sa suite qui rappliquent : Bizz… bizz… puis hop ! une autre piqûre… quatre fois encore – même si, avant la dernière, il tente une sorte de saut périlleux pour y échapper

Le voici alité pendant plusieurs jours de fièvre, et d'angoisse pour ses proches, il transpire tant qu'on doit lui changer ses draps deux fois par vingt-quatre heures, il délire il a la fièvre il ne reconnaît personne

Tout le monde se relaie à son chevet mais « il va s'en sortir ! affirme le médecin, il a beaucoup d'énergie en lui ! » sauf que 7 piqûres de frelons quand même ça pourrait être mortel

Marcelle, bien sûr, Marcelle est là qui soigne aussi, qui se dévoue, le petit frère c'est quand même un peu le roi et on s'empresse tous auprès de son lit, d'ailleurs pour une fois Marie-Louise a déserté le magasin – heureusement on a embauché un jeune employé mais il est un peu simplet, on l'emploie par compassion

Or voici Louis guéri

mais reste dans leur tête à tous cette angoisse, car ils ont cru qu'ils allaient le perdre

Alors qu'elle, Marcelle, on n'a jamais eu peur de la perdre

Il semble qu'on les ait emmenés tous les deux plusieurs fois respirer le bon air des forêts, il semble que l'on prenait soin d'eux

même si c'étaient des parents bosseurs qui ne s'arrêtaient presque jamais – sans doute que cette activité sans relâche convenait à leur couple, Lucien et Marie-Louise, mariés de façon un peu arrangée après la Première Guerre : lui sorti de sept ans sous les drapeaux et empli du besoin d'une vie régulière, et elle ayant perdu son fiancé au front dès 1914, puis sa mère en 1918 de la grippe espagnole, et se retrouvant en charge de ses deux plus jeunes frères : alors on lui avait « présenté » son mari

Ça leur convenait de ne pas avoir le temps de s'ennuyer, c'était un couple d'action, uni dans l'effort du quotidien

Dans tout ça la guerre, la Seconde, allait arriver

Auparavant en avril 1939, pendant la vague de chaleur, Marcelle a subi elle aussi un petit accident – d'autocar, un peu comme Frida Kahlo mais elle n'a pas été brisée en mille morceaux, juste heurtée, rudement, à la hanche qu'elle avait fragile –

elle en est sortie toute contusionnée quand même

même si elle affirmait que ce n'était rien : déjà cette tendance à minimiser ce qui concerne le corps, par pudeur, par excès de chrétienté – elle était très croyante la jeune Marcelle –

or il aurait fallu tout de suite l'opérer pour éviter des séquelles

s'occuper d'elle, Marcelle de l'ombre,

et ça ne s'est pas fait

Il y avait des tensions
qui pointaient à l'horizon
alors c'est passé à l'as
son opération

Ça restera en l'état, bientôt on sera tout à fait habitué à ce qu'elle boite un peu, à ce qu'elle boite toute sa vie comme si ça faisait partie d'elle puisque les gens qui l'ont connue plus tard croyaient que sa claudication, c'était de naissance

En juin de la même année le petit Louis a 11 ans et demi car il est du mois de janvier : un capricorne, la tête solide sur les épaules

Il va devoir partir en pension à la rentrée prochaine, pour continuer ses études puisqu'il est bon élève, d'ailleurs il proclame que plus tard il veut exercer un métier « où il y a beaucoup de chiffres » – et après l'école primaire, ici il n'y a plus rien –

alors on choisit le petit séminaire d'Autun parce que tout simplement l'oncle Antoine, le plus jeune frère de Marie-Louise, y a lui-même étudié, et paraît-il c'est très bien, de toute façon il n'a pas le choix, Louis, ça se décide comme ça et on espère qu'au moins dans une pension religieuse il sera à l'abri – tant pis s'il n'éprouve pas particulièrement de penchant pour la religion –

le voici qui s'en va avec sa valise remplie du linge marqué à ses nom et prénom comme c'était obligatoire : *L J* pour Louis Jallard – *L J* brodé par des mains forcément féminines donc celles de Marcelle, même si jamais elle n'aura de goût ni de don pour ce genre d'activités, ou bien encore, que l'on fait broder directement au mètre sur des bandelettes rangées dans un étui en carton jaune, de la dimension d'une minuscule boîte d'allumettes, sur lequel est écrit : *Initiales, lettres et chiffres, Pour marquer le linge, broché rouge grand teint, Fabrication française St Étienne*, et qui semblent toutes prêtes, aujourd'hui en 2020 et des poussières, à reprendre du service, tiens! pour qui? pour quoi?

Il ne reviendra qu'à Noël et à Pâques

C'est le dernier été de paix

C'est lors de cet été déjà un peu bouleversé, que la jeune Marcelle décide de ne pas poursuivre ses études et de rester, ainsi qu'elle en fait part à ses parents, « pour le travail de la maison »

— Et pour le magasin, aussi?

— Ma foi oui... pour l'instant!

car elle s'en sort bien : elle a l'« esprit vif », reconnaît-on, elle est « pleine de bonne volonté », dans ce métier de contact, de sourires, soumis à l'obligation de se plier au désir du Client Roi, d'être toujours aimable, de voir des gens toute la journée entrer, sortir, acheter, parler, revenir pour rapporter ce qui ne leur convient pas – véritable organisation intérieure : se mettre au service du client tout en le conseillant, cela s'appelle « être bon commerçant » –

mais sa réponse manque d'enthousiasme, a noté Marie-Louise, en fait « elle n'aime pas le commerce » et surtout, pas du tout, mais alors pas du tout la comptabilité!

Ce qui prenait secrètement naissance en elle, c'était le désir – venu d'où? – de s'occuper de bébés : les tenir dans ses bras, les changer les laver les baigner les soigner les bercer les consoler

Elle ne savait pas pourquoi ni comment elle était devenue amoureuse des bébés

sauf que les bébés sont toujours prêts à recevoir de l'affection de votre part, et ça se passe sans rien forcer : le sourire qu'on leur donne et qu'ils vous renvoient est un vrai sourire, ce n'est pas un sourire de commande ni de « bonne commerçante », la relation avec eux se joue en silence, dans les pleurs ou les rires mais surtout sans paroles

juste tenir un petit être tout chaud contre soi

à ce moment la vie vous paraît simple

on ne voit pas le temps filer avec un bébé

car elle n'aurait que des bébés dans les bras – elle ne saurait pas, et ne voudrait pas savoir, qu'ils deviendraient des polissons qui vous taquinent et vous poursuivent avec des queues de lézards coupées, non, dans son souvenir ils resteraient des bébés

pour toujours des bébés : elle serait puéricultrice

Finalement les chapeaux ça ne l'intéressait pas
elle n'en avait rien à faire
du reste on ne l'a jamais croisée coiffée d'un chapeau

Donc tout ça se mettait gentiment en place dans sa tête, avant même qu'elle s'en ouvre à ses parents, quand la guerre a éclaté – et franchement, être dans sa dix-huitième année à l'été 1939, ce n'est pas non plus une aubaine

Au début on continue comme avant

il faut, avant tout, que le commerce survive

les chapeaux, me direz-vous, ce n'est peut-être pas indispensable dans la vie quoique – ça peut permettre de se dissimuler, voire de se planquer en ces temps perturbés –

ça travaille, ça travaille dur, au magasin,

il y a une sorte d'excitation

Les paysans des campagnes aussi continuent de trimer

ils ont besoin de chapeaux de paille quand c'est encore l'été

de bérets du dimanche quand ça devient l'automne

et les ouvriers à l'usine de faïence – fière succursale de celle de Sarreguemines – ont besoin de casquettes

et les femmes de la ville d'un joli cloche, ou d'un feutre gris comme ceux qu'arbore Marie-Louise – elle porte élégamment le sien orné d'un nœud de couleur assorti, il faut rester coquet même si c'est la guerre, il faut assumer l'image de la chapelière

Il arrive que des paysans apportent quelques œufs

un poulet

une pintade ou un lapin

pour prix de leur « petit paille »

c'est comme ça qu'on réalise de bons échanges et ma foi peu à peu ce commerce clandestin va perdurer – en toute honnêteté il faut le préciser : c'est important pour la suite

Ça y est on est au printemps 1940 Marcelle va avoir 18 ans et Louis a 12 ans

et voici que des rumeurs circulent :

les Allemands marchent vers la France, ils vont nous envahir

Un soir de mai Lucien entend dire que les soldats allemands, qui ont déjà pénétré en Belgique, dans les Pays-Bas et tout le Nord, approchent, ils détruisent les maisons et les églises mais surtout ils tuent les enfants et violent les femmes, et même tous les jeunes gens de plus de 13 ans doivent être évacués :

— T'as une fille de 18 ans, tu devrais faire attention ! conseille-t-on à Lucien

Alors Lucien voit rouge

C'est l'heure du dîner, tous les quatre sont à table – Louis le pensionnaire est revenu exceptionnellement – et soudain Lucien annonce qu'il faut partir :

— Dès ce soir !

car les Allemands ne sont pas loin, à quelques kilomètres seulement, et « ils font déjà des dégâts »

Il est père de famille, responsable,

prêt à tout laisser tout abandonner même le magasin

pour protéger sa fille, sa fille chérie,

sa femme aussi bien sûr et son fils qui va sur ses 13 ans mais surtout sa fille, vierge et innocente

Il dit :

— On part cette nuit on emporte le minimum vital !

il répète :

— Le minimum vital : on empile tout dans le coffre de la Peugeot. Pas de matelas sur le toit, on trouvera où loger !

— Et on va où ? s'inquiète Marie-Louise

— Vers le sud on descend un peu on verra bien, ça laisse aux Boches le temps de se pointer, l'essentiel c'est qu'ils ne nous trouvent pas quand ils débarquent ici ! dit Lulu – en fait on l'appelle Lulu dans l'intimité

Marcelle comprend bien qu'il s'agit d'elle à protéger

elle a ouï les rumeurs elle aussi

tout ça doit lui paraître comme un film, un mauvais film,

elle se sent soudain toute petite

elle risque d'être en proie au désir d'hommes violents, elle est un peu effrayée

Il faut dire aussi qu'elle a été élevée très sagement,

très religieusement

elle est jolie, Marcelle, avec ses cheveux dorés et bouclés

courts à la mode d'alors
recourbés en accroche-cœurs qui effleurent ses joues
et son teint clair
et ses yeux malicieux

même si elle boitille, pour l'instant ça se remarque à peine, on note beaucoup moins les défauts chez les jolies filles, les filles fraîches et gracieuses comme elle

Ils s'enfuient un peu avant la nuit vers 20 heures, dans la vieille Peugeot 301 au coffre bien plein

Très vite on roule dans la campagne

on a quitté les berges de la Loire si calme si apaisante avec la douce lumière de mai rasante sur l'eau

leur Peugeot couleur vert très pâle – ce vert amande comme on le faisait autrefois pour les voitures, couleurs plus subtiles et moins claironnantes que celles d'aujourd'hui – est assortie aux teintes printanières de la campagne

au vert doux et frais, éphémère, des feuillages tout neufs

Ils roulent pendant deux bonnes heures, ils ont emporté de quoi subsister quelques jours, le temps que les Allemands rappliquent – l'ouvrière remplaçante tiendra le magasin, car « il ne faut aucun commerce de fermé, sinon il sera vite ouvert par les Boches ! »

Même la Yaya est repartie dans son logis de la rue de la Chaîne, vers la grève – une maisonnette de deux pièces, mais au moins sa fenêtre de cuisine, basse, s'ouvre sur l'étendue calme du fleuve –

et lorsqu'ils arrivent dans un hameau au bout d'environ cent vingt kilomètres, vers Montbrison, ils s'arrêtent car c'est nuit noire

des fermiers leur offrent de dormir dans la grange

De ces quelques jours à la ferme elle garde curieusement peu de souvenirs, Marcelle, si ce n'est celui d'un temps suspendu : elle se rappelle surtout leur départ précipité juste après le dîner, et les lueurs du soir au cours du voyage

mais lui, le jeune Louis, se souviendra toujours du goût du lait chaud, au petit matin, tout droit sorti du pis de la vache – un bol de lait odorant et crémeux que la fermière pose devant lui : c'est surtout ça qui le marquera, car plus jamais il ne boira un lait comme celui-là – avec, sur le dessus, la crème épaisse et jaunâtre, plissée, qui le dégoûte un peu alors la fermière l'ôte à l'aide d'une grosse cuillère en bois

c'est le goût de la fuite, de la peur, de l'aventure aussi

Ils restent une semaine dans la ferme puis reviennent un soir, impossible de s'absenter plus longtemps du magasin pour Lucien, ça le tient

il pense que le danger est écarté puisque leurs exactions, ils les commettent surtout à l'arrivée, les Boches

Ils retrouvent avec joie la maison, tout de suite Lucien libère l'ouvrière soulagée qui a bien assuré l'intérim, il remonte dès le lendemain matin le lourd volet de fer, tout reprend forme, et l'apparence de l'habitude

Aussi lorsque le 17 juin 1940 à 12 heures 20, en plein déjeuner – car chez les Jallard on mange à heure fixe et si possible à midi pile, le père y veille – le maréchal Pétain annonce à la radio qu'il décide de cesser la guerre contre l'Allemagne, parce qu'il faut que cette guerre finisse qui prive les femmes de leurs hommes et de leurs fils

c'est plutôt le soulagement qu'ils ressentent à la maison

comme nombre d'autres familles

ils et elles font confiance au Maréchal qui a déjà joué son rôle dans la Grande Guerre

et dans cette famille de petits commerçants qui se tuent à la tâche on n'est ni de droite ni de gauche, ça ne signifie, pour eux, pas grand-chose, on est juste pour la paix : exactement ce que propose le Maréchal

Bien sûr aujourd'hui on ne peut pas se figurer cela : ce soulagement dû à l'annonce de Pétain, ce soulagement que je m'interdis de juger

Mais ce qu'il y a de certain c'est que Lucien se dit que son fils qui va bientôt avoir 13 ans ne devra pas être évacué

et surtout que sa fille de 18 ans est sauvée

Voilà ce qu'il croit : qu'ils ne pénétreront pas dans la maison, la vieille maison avec son magasin au rez-de-chaussée, son appartement au premier et tout au-dessus ses trois greniers – le premier où s'entassent les cartons à chapeaux et à chemises, le deuxième qui conserve les livres les jouets les tissus et les vieilleries qu'on hésite à jeter et, sous les combles, le troisième dans lequel on étend le linge, où il fait chaud et sec, où ça sent bon la lessive : une petite pièce avec un plancher de lattes de bois clair, comme rincées, très propres –

qu'ils ne viendront pas dans la cour, non plus, sur laquelle donnent les hautes vitres de son atelier de menuiserie

Mais si !

Si, ils vont rappliquer, les Schleus ! le même jour, le 17 juin – la veille, déjà, plein d'habitants ont fui sur les routes de l'Allier, en voiture avec matelas sur le toit, ou à bicyclette – ils se pointent dans l'avenue de la Gare, ils occupent les ponts du canal, et la modeste commune de D. qui n'a rien demandé, mais située sur la Loire et surtout à l'ouest, donc tout au démarrage, de la ligne de démarcation, va devenir ce qu'on appelle une ville de « passage interzones »

même si on assiste à un essai de résistance organisée, le 18 juin, grâce à de vieux canons français de 75 planqués en batterie près de l'écluse du pont-aqueduc, oh ça ils s'en foutent, les *Feldgrau*, ils enfoncent des portes pour se mettre à l'abri, tiens ! et ils installent des mortiers

et le 19 juin, ça y est, débarquent les *Panzers*

Bientôt on les voit qui s'amusent, les occupants, à planter leurs petits poteaux de bois à tête rouge dans les prés, les chemins, voire à proximité des maisons, pour matérialiser la ligne de démarcation au cas où on ne comprendrait pas – il y a même des barbelés qui coupent en deux des rues –

et ils installent leurs postes de contrôle dans des guérites colorées, juste devant les barrières mobiles qu'ils ont mises en place aussi, sur le canal latéral qui, au début, marque la limite – même si plus tard elle sera repoussée de quelques kilomètres – ainsi que sur l'autre pont : celui où passent les voitures, les bicyclettes, les piétons...

et ils surveillent et ne laissent rien passer : ni courrier ni marchandise, ni personne ! (il va falloir filer doux, biaiser en traçant à travers champs pour éviter les patrouilles, et planquer vos armes sous les *verdiaux* – ou osiers)

C'est pas très confortable, de devenir frontalier

d'être coupé en deux

surtout qu'un jour on sonne à la porte de la maison où vit Marcelle avec sa famille, c'est un officier allemand qui vient leur rendre visite – ou plutôt visiter son futur logis : il retient la chambre de Louis pour y séjourner

Et lorsqu'à Noël il revient de sa pension le jeune Louis âgé de 13 ans trouve sa chambre – sa chambre à lui, avec toutes ses affaires remisées dans un coin – occupée

occupée habitée squattée par un lieutenant à peine plus âgé que lui – la vingtaine : le lieutenant Hampel

Il n'y a rien à dire, rien à faire

le lieutenant Hampel – avec un h aspiré, très aspiré s'il vous plaît ! – est désormais leur locataire et voisin de chambre

Il habite chez eux pour on ne sait combien de temps

c'est normal qu'on lui ait « donné » la chambre de Louis qui n'est presque jamais là, au lieutenant allemand

c'est normal qu'on ait laissé la sienne à Marcelle qui, elle, est présente 24 heures sur 24

– d'autant plus que celle de Louis se trouve dans une ancienne partie de la maison qui a sa propre entrée –

alors Louis va, pendant les vacances, dormir dans la chambre de ses parents, on y place un paravent, ça fait un peu aménagement de fortune

mais les Allemands

ou plutôt les locataires – le lieutenant et son ordonnance qui, lui, s'est emparé de la chambre de bonne, au niveau du premier grenier – déjeunent à 12 heures 30 dans la salle à manger tandis que les Jallard, eux, sont obligés de déjeuner à 11 heures 30 dans la cour : heureusement qu'il fait beau, et qu'ils peuvent se relayer au magasin

et voilà que certains soirs d'autres occupants sont invités à dîner par le lieutenant Hampel, qui se sent comme chez lui ma foi, et les reçoit dans la salle à manger – elle est vaste, c'est pourquoi ça se fait chez les Jallard, les rassemblements festifs des Boches : et comme le piano de Marie-Louise a l'honneur de trôner dans cette même pièce, alors à la fin des réceptions les « invités » jouent et chantent jusqu'à point d'heure –

de plus ils s'enfilent une caisse de bière à eux seuls et la chasse des cabinets est tirée toute la nuit – quand ils ne s'arrogent pas une descente à la cave pour s'approprier les bonnes bouteilles de ce fin connaisseur, et bon bourguignon, qu'est Lucien

Tandis qu'à la cuisine, l'ordonnance du lieutenant prépare chaque midi le déjeuner sur le poêle, aux côtés de la Yaya qui ne se laisse pas intimider mais l'ordonnance, jeune aussi, de toute façon demeure courtois : sans doute respecte-t-il les cheveux blancs de celle qu'il nomme « *die Grossmutter* »

mais les provisions mises de côté par la Yaya indignée qui n'en pense pas moins, les Allemands s'en emparent sans vergogne : les bocaux de conserves et les confitures et les bons pâtés de ce riche coin de Bourgogne et ils se régalent aussi de ces fromages de chèvre mi-secs, hauts, délicieux, qui fondent dans la bouche et dont je n'ai jamais retrouvé le goût ni surtout la texture

unique

(sauf que le jour où l'ordonnance du lieutenant fait cuire du lapin dans la cocotte sur un feu trop vif, alors la Yaya, qui n'en perd pas une, se garde bien de baisser la flamme, elle regarde avec délice cramer sous ses yeux la petite bête innocente et elle marmonne, revancharde : « Brûle donc, *Kanninchen*, brûle donc ! » : ça deviendra une histoire qu'on rapportera plus tard en riant, un petit acte de résistance de la Yaya, ça ne mange pas de pain oh non mais ça brûle du lapin)

Drôles d'années occupées

Drôle de maison squattée même s'ils auront vécu, comme le rappellera Marie-Louise, « sans heurts, sans haine mais sans amitié » et « polis les uns envers les autres » : par exemple si la famille avait besoin de la salle à manger un jour à midi, le lieutenant ne faisait aucune difficulté pour déjeuner au mess

C'était une époque de « contrainte », dira Marie-Louise, et elle affirmera encore : « Nous y avons mis beaucoup du nôtre », pour supporter cette maison bruyante et « mouvementée » – contrainte : mot minimum

Or un jour de défilé allemand dans la rue Nationale avec musique, uniformes, galons et fierté boche, le tout ponctué de drapeaux rouges à croix gammée, le jeune Louis se met à la fenêtre et pour se moquer du défilé ennemi

il lance un coup de clairon

un couac! bruyant

c'est sa façon de résister – mais ça fait juste lever la tête à un sbire de la troupe qui le prend pour un gamin désobéissant

Les parents lui demandent de cesser ce petit jeu, même s'ils aiment bien eux aussi rigoler, même si d'une façon générale on aime bien rigoler dans la famille, il faut faire gaffe :

« Faut pas les exciter les Schleus ! »

Mais Marcelle, elle ? Marcelle se rend compte que le jeune lieutenant Hampel

l'occupant l'ennemi

la regarde souvent

il tente de faire ami-ami en lui causant, en lui adressant deux ou trois mots respectueusement – il parle assez bien le français qu'il a étudié à l'école –

elle lui répond de même, elle se méfie elle n'est plus une enfant, elle dit juste ce qu'il y a à dire, pas moins pas plus, elle est prudente, aimable ce qu'il faut, mais sans doute qu'il la trouve très aimable, lui

« Mademoiselle petite Jallard », l'appelle-t-il cérémonieusement

car il reste aussi très correct – parfois même gêné d'imposer sa présence, comme s'il s'en excusait, c'est un homme « bien élevé », remarque Marie-Louise, et, ajoute-t-elle, « c'est déjà ça »

Marcelle se contente, surtout lorsqu'il parle avec admiration et vénération de son *Führer*, de se tenir droite, crispée, prête à éclater mais éclater n'est pas permis

elle accomplit son devoir mais il y a un tel monde intérieur brûlant en elle que ça se trahit dans son regard brillant

dans le sang qui affleure à ses joues sous le teint très blanc

dans son souffle court

Un tel monde intérieur, une telle flamme de révolte, qu'il s'y est sans doute laissé prendre – après tout ils ont pratiquement le même âge –

laissé prendre à ce charme innocent parce que non voulu

tant et si bien qu'il mène parfois un bout de conversation avec elle, en évoquant ses parents et sa sœur restés au village là-bas en Allemagne, lui confiant qu'ils lui manquent et qu'il a hâte de les retrouver

alors qu'il y aille bon sang ! qu'il s'en aille là-bas les retrouver ! pense-t-elle tout en opinant silencieusement

Jusqu'à ce qu'il s'enhardisse un jour, dans l'étroit couloir qui mène aux chambres, à lui dire qu'il l'aime bien, qu'il la trouve jolie

— Et si votre *Führer* vous ordonnait de me tuer vous le feriez ? lui demande-t-elle – il y a en elle de la graine de provocatrice

— Si le *Führer* me l'ordonnait oui bien sûr je le ferais, répond-il en claquant des talons

A-t-elle été attirée par le lieutenant allemand, ce jeune homme aux yeux bleus, à la moustache blonde et à la bouille d'enfant ? Bien malin qui saurait

Car son cœur, à Marcelle, où en est-il, son cœur ?

Qu'en est-il d'un cœur en temps de guerre ?

En est-il de lui comme d'un cœur en temps ordinaire ?

On sait

seulement qu'elle part souvent très tôt les matins à bicyclette

jusqu'à la maison de la Colline rouge, située à cinq kilomètres de D. en zone occupée elle aussi, et qui domine la Loire – c'est là où va prendre de l'importance cette maison de campagne acquise par ses parents durant les années fastes du commerce, c'est là où le jardin potager va les nourrir, en ces mois de restrictions –

elle se paye une bonne montée à l'aller – mais ce sera du gâteau au retour – de toutes les forces de son jeune corps encore en bonne santé, et elle va cueillir les légumes au potager, c'est l'été, elle est en robe légère, elle a un panier d'osier fixé à l'avant de sa bicyclette et au retour il déborde de courgettes, de tomates, de haricots, de radis, de salades

ainsi on a quand même des légumes que peut faire mijoter – dans sa cuisine où, effarée, elle voit circuler des Allemands gloutons et le jeune lieutenant atrocement gourmand – la Yaya occupée

plus qu'occupée

archi-occupée

Peut-être que, lors de ces courses à l'aurore, naissent en Marcelle ces tout petits trésors intimes que sont, pêle-mêle :

le bonheur d'exister et de pédaler

la sensation douce de l'air frais sur ses bras nus

et la découverte, en haut de la butte, de la Loire calme et brillante tel un serpent lascif

calme et brillante même en temps de guerre

Peut-être que dans ces moments-là
s'enracinent en elle
cette force de vie que lui octroie la jeunesse
cette capacité de résistance aux épreuves

La maison de campagne en bord de Loire comme toutes les demeures de famille dans les périodes troublées – guerre ou pandémie – devient un refuge

des fleurs de toutes sortes y croissent, des roses, des tulipes et de la bignone qui grimpe librement sur les murs en laissant éclater ses trompettes orange et rouges

et puis il y a les arbres fruitiers en espaliers avec de très beaux fruits, cerises, reines-claudes, mirabelles, mais aussi, à l'automne, les grappes de raisin que l'on protège dans de petits sacs troués pour que les guêpes ne puissent pas les toucher

toute cette richesse de la nature, même en temps de guerre

Marcelle y trouve, de retour dans la ville, la force de sourire

car on vous demande beaucoup de sourire, et d'être aimable quand on est une jeune fille – et tout simplement une femme – on vous demande la grâce en plus, et la joie, et la légèreté – mais aussi d'être une petite main, dans l'ombre, toujours dans l'ombre, qui coud et cuisine, repasse et nettoie, fait briller et miroiter –

d'être parfaite, encore une fois,

et en même temps de savoir se faire oublier

Savoir se faire oublier ah là là c'est tout un programme, un art! dirais-je, car finalement on aime bien ceux – plutôt celles – qui savent se faire oublier, on pourra mieux leur dresser, après disparition, mine confite et remords en bandoulière, un petit autel à leur dévotion, non?

mais ce n'est pas si simple : ils – ou plutôt elles – risquent quand même de disparaître complètement, si on ne leur prend pas la main

Alors prenons la main de Marcelle

Accompagnons-la, voulez-vous bien,

sur le chemin de la non-visibilité

de la transparence voulue et décidée par d'autres qui n'en ont même pas conscience, sans doute

Mais Marcelle n'est pas forcément souriante

Marcelle n'est pas forcément aimable

Marcelle n'est pas forcément celle qu'on voudrait – aimerait – qu'elle soit

Ne sois pas, Marcelle, trop dépendante du regard des autres!

Ça peut vous faire mourir intérieurement, cette dépendance!

Un matin très tôt, dans la campagne qui jouxte les rives de la Loire, là-bas vers les prés où paissent des vaches, tout en passant à bicyclette elle a vu partir, de dos, depuis l'étable, le troupeau entier talonné par un jeune chien noir efficace : le paysan menait ses bêtes au pré, il avait un corps massif et les épaules rondes, de la poussière s'élevait des sabots des vaches car la terre était sèche, ça donnait l'impression d'un halo qui les nimbait

L'homme sifflotait un air répétitif – ce devait être son chant habituel pour guider le troupeau, une comptine inventée comme celles que l'on fredonne, se dit-elle, aux bébés

Un sourire lui est venu aux lèvres, pas le sourire de l'amabilité ni celui qu'on exi... – demande? sollicite? – non, le sourire que l'on esquisse pour soi seule, et que l'on sent à peine affleurer : peut-être que cet homme, qui savait inventer une chanson pour mener ses vaches au pré, pour les tranquilliser, pour leur éviter des écarts et des ruades, peut-être : qui sait? qu'elle l'eût aimé

cet homme

juste pour ça : pour l'invention de cette chanson

Pour l'instant dans l'urgence la guerre vous rafle tout : temps, énergie, jeunesse

On a besoin d'elle au magasin, Marcelle, d'elle à la maison, à la cuisine, aux courses car la Yaya fatigue – finis ou du moins envolés les rêves d'être puéricultrice, et les histoires d'amour possibles? enfouies dans le silence

Il faut agir, travailler, ruser, vivre au jour le jour, à l'urgence les urgences ! et résister aux avances de plus en plus poussées du lieutenant Hampel

Le silence de la mer, oui
mais le silence du cœur aussi

On ne sait pas encore que c'est une tourmentée, une violente, une passionnée, Marcelle si sage en apparence – comme la royale et impartiale Loire : méfiez-vous de l'eau qui dort –

on remarque juste sa capacité à aider, à soutenir le rythme du travail mais aussi le moral des troupes

elle dégage une sorte de dureté, comme ça, de solidité, on affirme qu'on peut « compter sur elle », elle ne flanchera pas

Bravo Marcelle
bravo toute la famille aussi
et tous ceux qui résistent
dans le silence de la mer

Lucien et Marie-Louise ? ils continuent de bosser au magasin

Louis ? il étudie au petit séminaire d'Autun – où quelques dysfonctionnements se font jour, pas seulement à cause du portrait de Pétain devant lequel les élèves passent chaque matin après la prière et qu'ils doivent saluer tel le Sauveur de la Patrie, mais aussi, de façon moins politique et plus intime, dans l'attitude équivoque ou même très nette de certains prêtres face à de charmants élèves, croisés et surtout serrés de près dans les couloirs obscurs – ce qui, en germe, commence à éloigner voire à dégoûter le jeune Louis de cette religion, et de toute religion tant qu'à faire

Marcelle ? elle n'a pas de place attitrée, elle est partout à la fois elle aide elle aide, boucles rebelles au front, démarche un peu boiteuse, yeux clairs qui lancent des éclairs quand elle est en colère mais n'ose éclater

La Tourmente c'est la grande gagnante de cette époque

On peut donc dire que pendant ce temps le petit Louis devenu grand, prisonnier du séminaire d'Autun, ne voit rien de tout ce qui se passe à la maison d'où le lieutenant Hampel va enfin partir, libérant sa chambre d'enfant devenu adolescent, libérant le cœur de sa sœur par la même occasion ? – s'il était un peu pris

Six années de guerre ont passé

Beaucoup de choses ont été bouleversées

Certaines de façon visible : le magasin en difficulté et tout le commerce en général – les fonds sont bas, marchandise et argent, on vend mais sans pouvoir réassortir beaucoup – et puis le quotidien avec les deuils, les chagrins, les traumatismes

D'autres de façon invisible : celles qu'on va découvrir au fil des décennies, car voici venir l'heure des règlements de compte

En 1945 la vie reprend lentement son cours

Pendant ce temps, ce temps de guerre, la jolie Marcelle a atteint ses 20 ans, 21 ans, 22 ans

elle travaille à la fois au magasin et à la maison, et au jardin de la Colline rouge : elle est « le bras droit de son père »

elle ne dit pas qu'elle veut s'en aller dans une école de puéricultrice, elle ne dit rien elle a son amie Suzanne, en fait c'est une cousine éloignée mais surtout une jeune fille plus âgée qu'elle de quatre ans, plus expérimentée, elles se confient leurs émois, ceux qu'on n'avoue qu'aux gens de son âge, jamais à son père jamais à sa mère ! car Suzanne a un amoureux et c'est même plus qu'un amoureux : il s'appelle Jean et, confesse-t-elle à Marcelle en riant, « il est tout petit alors il ne fait pas trop mal » – parce qu'auparavant elle fréquentait un costaud un bien bâti bien loti comme on dit, un baraqué avec un jouet gros comme ça

Au début Marcelle n'a pas compris ce que Suzanne voulait dire, c'est vrai qu'elle n'avait encore jamais fait ça, elle

(elle a pourtant participé à leur affaire, la bonne amie Marcelle, elle a osé, pour aider les amants déchirés par la ligne arbitraire, se confronter au trafic postal, puisqu'un jour d'été elle s'est retrouvée à devoir franchir le pont qui séparait les deux zones, sur sa vieille bicyclette mais surtout avec du courrier d'amour plié et caché bien serré dans ses chaussettes, enfilées sous les sandales

elle avait beau être théoriquement en règle avec son *laissez-passer pour la petite circulation frontalière* – un *Ausweis* temporaire délivré aux frontaliers habitant à moins de 10 kilomètres de la ligne – elle n'en menait pas large car elle savait qu'ils fouillaient tout, ouvraient tous les paquets – mais de chaque côté du pont la Loire, faussement soumise, sous le soleil de juin scintillait de toutes ses petites dents comme mille diamants –

finalement ça a bien marché, elle a dit qu'elle portait des médicaments – preuves à l'appui dans son panier – à sa tante qui habitait du côté de Saint-Yan mais sa tante, en fait, c'était l'amoureux de sa copine : le Jean au petit jouet

elle s'en est bien tirée, des griffes de la *Feldgendarmerie*, elle était pourtant pas du genre contrebandière, Marcelle, elle aurait préféré leur rentrer dedans, aux occupants

pour l'amour elle avait fait ça

sauf qu'il s'agissait de l'amour des autres – pas du sien)

En effet que s'est-il passé ?

Que s'est-il passé pour qu'on en arrive là ?

À circuler entre deux zones, le cœur battant, la sueur au front, par amour du prochain au lieu de suivre son propre chemin ?

C'est la guerre, tout simplement, qui est passée par là
Et les rêves pour soi se sont envolés

Envolés, vraiment ?

Pas si sûr, car en fait
– personne ne le sait
et personne n'en a même l'idée –
elle a déjà quelqu'un
dans son cœur

Personne ne saura jamais comment ils se sont rencontrés

quel jour

à quelle heure

en quelle saison

ni comment Marcelle était habillée était-ce l'après-midi était-ce le soir

ou le matin

tôt

ou plutôt, fut-ce une série de menues rencontres un peu quotidiennes en ce temps où tant de choses étaient interdites : des regards, des sourires, des échanges, dans la rue Nationale au hasard de quelques pas – puisqu'il habitait la même rue

Il s'appelait Pierre Andersen

C'était un brun au teint pâle, peu causant mais ardent, plus âgé qu'elle d'un an ou deux à peine : le fils de Monsieur Andersen, commerçant dans la même rue sur le trottoir d'en face mais plus haut en montant vers la place de l'Église – un marchand de vaisselle et d'objets de décoration

On le nommait ainsi : « le fils Andersen »

Pendant que tout se tramait dans son cœur silencieusement – dans son cœur surtout mais peut-être pas seulement, car on ne sait pas ce qui s'est passé entre eux, quand même – on pensait aussi à elle, la demoiselle de la famille, mais d'une autre façon : à 22 ou presque 23 ans il est bien temps, pour une jeune fille, de « s'installer » – son père la désire heureuse sa Marcelle chérie, et il ne voudrait pas qu'elle doive, à cause de la guerre, coiffer Sainte-Catherine

Alors on s'est mis à parler du trousseau, à cause de la guerre encore on était en retard on n'avait pas eu le temps de le lui confectionner

Oui c'est sans doute dans ces années d'après-guerre, ces années de trouble, de remise en route mais aussi de règlements de compte, que peu à peu au fil des mois on lui a constitué de quoi pouvoir s'installer

Cette constitution d'un trousseau complet avec toute la vaisselle les assiettes à soupe les assiettes plates les assiettes à dessert, et même une dimension intermédiaire : des assiettes destinées aux entrées et au fromage, et aussi les verres, les ballons les flûtes les à pied les sans pied, sans oublier le service à café avec des tasses de porcelaine de si belle dimension qu'on pourrait presque y boire le thé et le service à thé avec des tasses si exiguës qu'on pourrait presque y boire le café, et surtout, tenez-vous bien, ce qu'on appelle « la ménagère » – tout un programme féminin n'est-ce pas ? – avec les fourchettes les couteaux les cuillers (à café et à soupe) : tout, elle a tout choisi, Marcelle, puisqu'on le lui proposait

tout ça bien rangé dans une longue boîte plate, les couverts couchés sur une sorte de satin mordoré, comme des petits enfants allongés côte à côte dans un grand lit

Mais pas les draps ni les serviettes de toilette ni les serviettes de table – du moins elle a pu les choisir mais pas leur offrir les finitions prévues : car la coutume était de les broder avec les initiales de l'homme et de la femme entrecroisées, en signe de l'union des deux familles

or quel allait être le nom de l'heureux élu ?

En tout cas il existait enfin, le trousseau, preuve tangible, lustrée ou veloutée – selon la finesse de la porcelaine, le vernis de la faïence ou le soyeux des draps – qu'elle allait – devait – se marier

C'est aussi dans ces années-là, en même temps que se confectionnait le trousseau

ou un peu avant – on avait déjà commencé à y penser dès ses 18 ans mais la guerre éclatait –

ou un peu après – il était bien temps –

qu'elle avait dû connaître Pierre Andersen

À cette époque son frère Louis achevait ses études au petit séminaire d'Autun – bâtiments austères, vétustes, ceignant la cour centrale, le tout bardé d'un haut mur de pierre, dans cette ville aux toits pentus et aux maisons bourgeoises pleines d'un charme qu'il n'avait pas tout à fait, alors, l'esprit à remarquer

C'était bientôt l'heure du baccalauréat : on était à la fin du printemps 45, Louis avait 17 ans et demi

Il y eut donc, en même temps que l'annonce de la Victoire, la déflagration d'une autre annonce : celle que le brillant élève Louis Jallard, promis à un avenir meilleur encore que celui de commerçant, avait, avec trois camarades et en l'honneur de ce 8 mai, sauté le mur du petit séminaire

Qu'il était, en bonne compagnie de ses camarades rebelles, exclu dudit séminaire et ce, à la veille du baccalauréat – envoyant valser les portraits de Pétain à saluer, les prêtres trop affectueux envers de beaux élèves, au bout du compte sept années studieuses et, du même coup, la religion qui n'avait plus (que) de (mauvais) secrets pour lui

Que ses chances de réussir l'examen s'avéraient donc, pour lui et ses trois mousquetaires, compromises

Tandis qu'il rappliquait peu glorieux – mais heureux, secrètement, d'avoir frondé – dans sa ville de naissance et retrouvait sa chambre, libérée de tout officier allemand, pour y bûcher ses révisions de façon urgente – et tandis qu'on l'incitait fortement à s'y plonger avec l'aide d'un prêtre des alentours, très instruit et qui lui laisserait un souvenir un peu moins désagréable de la gent ecclésiastique –

se produisait en sourdine
une autre explosion
fraternelle ou plutôt sororale
plus intime

Une explosion qu'elle n'aurait jamais souhaitée, Marcelle, le jour où elle a discrètement frappé à la porte de la chambre parentale, en fin d'après-midi, alors que

Marie-Louise à son habitude était remontée du magasin pour dire ses prières du soir : « Mon Dieu faites qu'il soit moins coléreux et puisse retrouver son calme, mon Lucien, et surtout le chemin de la foi qu'il a perdue » – deux guerres à la suite dont une au front ça pouvait l'avoir perturbé dans sa croyance en effet, même s'il n'était pas, comme elle l'espérait, vraiment « contre » la religion mais cependant sorti furieux, récemment, du confessionnal où « une sorte de jésuite », s'indignait-il, l'avait houspillé

« Mon Dieu mon Dieu faites qu'il puisse retrouver la paix de son âme »

À ce moment un petit toc-toc a résonné à sa porte, un toc-toc léger, délicat, celui de Marcelle :

— Oui ma petite fille bien sûr tu peux entrer !

— Je voudrais te parler, a dit Marcelle

Elle avait les yeux brillants, les joues rosies, elle voulait confier à sa mère quelque chose d'essentiel pour elle, et – croyait-elle – de plutôt joyeux, non ?

Marie-Louise savait écouter, Marie-Louise était la plus accommodante de la famille – oncles et tantes compris

Néanmoins – ou peut-être justement ! – lorsque Marcelle lui a parlé, les yeux toujours brillants, mais timide aussi – comme le serait une fille d'à peine 12 ans mais à cette époque et dans cette famille elle était restée très pudique, Marcelle, un peu « oie blanche » dirait-on aujourd'hui mais sans moquerie, plutôt par solidarité envers elle – lorsqu'elle lui a donc parlé de son attirance pour le fils Andersen – attirance réciproque, peut-être même lui avait-il présenté sa demande : c'est pourquoi elle osait enfin confier son secret – Marie-Louise a blêmi

Elle a dit à sa fille – seuls les échos lointains et trop brefs de cet épisode nous renseignent là-dessus – que ce n'était pas possible car monsieur Andersen, le père, était soupçonné de collaboration pendant la guerre, ça n'était pas encore révélé au grand jour mais les rumeurs circulaient dans la ville et notamment dans la rue Nationale alors surtout, a-t-elle ajouté d'un air presque suppliant :

— Je te demande, Marcelle ma chérie, de ne jamais en dire un mot, ne serait-ce qu'un seul mot, à ton père. Il se mettrait dans une colère effroyable. Il ne peut plus voir ce monsieur Andersen.

— Mais Pierre c'est son fils ! a tenté de protester Marcelle. Il n'est pour rien dans tout ça.

ou peut-être a-t-elle répondu autre chose, a-t-elle tenté de défendre ce que leur jeunesse à eux deux, innocente de la guerre, pouvait leur permettre – eux que la guerre avait déjà privés, dans leur vingtaine, d'années d'insouciance

Rien n'y a fait

Jamais Marcelle n'aurait enfreint la supplication terrorisée de sa mère

Jamais elle n'aurait voulu provoquer la colère ou la rage de son père

Et voilà comment cette histoire toute jeune, toute naissante, a été tuée dans l'œuf

Après, on ne sait plus, pour les années qui suivent : années grises, années mortes, pour ceux qu'étouffe ce qui aurait dû les faire vivre

Comment a réagi son ardent mais timide amoureux à ce non-retour? A-t-il cherché à parler à Lucien? A-t-il tenté, lui, quelque chose?

sans doute pas

elle l'aurait su

Elle lui a juste annoncé qu'ils ne pouvaient plus se voir

Elle a réagi avec sagesse, Marcelle, elle a peut-être cru – je voudrais bien savoir si elle l'a cru vraiment – qu'on pouvait oublier cet élan et ce frémissement qui nous poussent vers un premier amour, qu'on pouvait passer par-dessus ses émois les plus profonds, qu'on pouvait aimer aussi fort

plusieurs fois

que la vie c'était peut-être un plateau garni, un festin qu'on vous présente identique à plusieurs reprises – si par hasard vous avez commis l'erreur, une première fois, d'en refuser les douceurs?

Mais surtout eux, ou plutôt elle, Marie-Louise – puisque Lucien n'a jamais été mis au courant – a-t-elle cru qu'on pouvait exiger de quelqu'un qu'il renonce à ce qui fait battre son cœur? Et qu'après ce quelqu'un, ou plutôt cette quelqu'une, repartirait vaillant-e sur le chemin sans qu'il y ait de dommages?

Qu'une vie, on pouvait jouer avec elle comme ça?

Marie-Louise, elle, n'avait pas eu le choix – son fiancé mort dès 1914 et sa mère dès 1917 ça l'avait laissée responsable, « petite mère » de ses deux plus jeunes frères, et elle s'était mariée « sans connaître la vie », se rappellera-t-elle

Elle affirmerait, un jour, qu'elle n'avait « jamais eu le moindre regret de son mariage », mais on ne sait pas si elle avait vraiment été amoureuse de Lucien, même si désormais elle lui était très attachée : alors comment aurait-elle pu comprendre sa fille ?

On sait bien que la guerre n'est pas seulement pertes et fracas extérieurs, elle accomplit aussi, mine de rien, son boulot souterrain, elle re-dis-tri-bue les cartes des familles et pas seulement des 7

c'est un emballement du temps, une gigantesque machine à battre (le blé) ou à laver (le linge : ça n'existait pas encore mais ça allait venir) et tout le monde en sort

1) Lucien, le père : essoré

2) Marie-Louise, la mère : rincée

3) Louis, le fils : pris d'un besoin urgent de s'extirper du moule : barre-toi, barre-toi, bar…

4) Marcelle, la fille, la moins armée – non pas intérieurement, mais sociologiquement – lestée d'un interdit à vie : tais-toi, tais-toi, tais…

Voilà ce que l'éventail de ses cartes pourtant serrées dans sa main mais redistribuées par la guerre – ni roi de cœur, ni atout ! – lui chuchote ou plutôt lui martèle :

Bats-toi, mais tais-toi…

Et la vie de Marcelle poursuit son cours comme si rien ne s'était passé – d'ailleurs n'est-il pas vrai que RIEN ne s'est passé, dans la réalité factuelle ? n'aurait-elle pas eu le tort de trop rêver, trop vite, trop tôt ? – et tout le monde est là, à nouveau, à trimer pour rattraper le temps perdu

— Repose-toi un peu, dit à Marcelle son père qui la trouve pâle et tendue

— Ça va, et puis ça me change les idées de travailler au magasin, répond-elle

Mais quelles idées ? Quelles idées ont traversé la tête de Marcelle ?

Ne croisait-elle donc plus jamais Pierre Andersen ?

Ne sortait-elle plus ?

Très peu, très peu

Se jetant dans le travail, comme on dit

Et lui, avait-il quitté la ville ?

On tenait enfin la preuve que le père Andersen avait fricoté avec la gent occupante, et dénoncé maintes fois à la *Feldgendarmerie* des passeurs dont, notamment, un ami cher à Lucien, un client charcutier-traiteur qui faisait ça même pas rémunéré mais juste pour aider, un brave homme qui avait logé chez lui pendant deux nuits un passager clandestin, et à l'aube du deuxième jour les uniformes verts comme par hasard s'étaient pointés à sa porte et les deux, le charcutier-traiteur et le clandestin, avaient été embarqués : on n'avait plus jamais eu de leurs nouvelles – il faut dire que ça leur donnait de l'assurance, aux Boches, la proximité de Vichy qui n'était qu'à

77 bornes, ils abattaient direct tout ce qui truandait, passeurs occasionnels comme professionnels…

Sans doute qu'à l'Andersen père, ça lui avait rapporté gros ce genre de délation, de toute façon dans les villes frontalières ça courait les rues et les ponts, les mouchards comme lui

Sauf qu'hélas ça pouvait pas fonctionner

d'être le fils d'un délateur

– d'un assassin par procuration –

et les magouilles du père avaient forcément jeté le discrédit, par contagion, sur les membres de la famille dont le beau Pierre

– pour ma part je n'ai jamais connu ce magasin de vaisselle de la rue Nationale, ni jamais rien su à part cet épisode amoureux, qu'on a dû me chuchoter comme si c'était tabou

Alors parfois dans la tête de Marcelle lorsque ses mains étaient occupées à plier une chemise avec les poignets qu'on rabat soigneusement, ou à déposer un chapeau dans un carton rond avec autant de précaution que l'on couche des œufs dans une boîte, se mettaient à tournoyer voire à scintiller des initiales :

A J

pour *Andersen/Jallard*

qui eussent été, avec tant d'allégresse, par elle brodées et entrelacées sur le rebord des draps nuptiaux et des serviettes de toilette – et de table – en rouge ou en bleu au choix ou encore d'un joli jaune d'or – tandis que dans l'armoire patientaient non seulement la ménagère ainsi que les assiettes et les verres, mais aussi les piles de draps de coton, lourds et frais

jamais, donc, initialisés

Finalement des broderies elle s'en fichait bien, Marcelle, des draps et de toutes les broderies du monde, elle se fichait bien du trousseau et des petites cuillers pour ceci ou pour cela, elle n'en avait rien à cirer de ces détails – au contraire de sa mère, fille d'horloger-bijoutier, encline à se pencher avec soin vers les mécanismes d'horloge et de montre – ni de ces trésors brillants qui s'appellent les bijoux

Des bijoux de famille elle n'en avait cure, Marcelle, ou alors :-) de ceux de Pierre Andersen – qu'elle n'avait sans doute jamais eu le loisir de toucher, de caresser, de baiser ! mais ça, ça n'est pas précisé dans l'histoire

Marcelle ne recherchait ni les objets ni les choses de valeur ni même les vêtements qui l'eussent mise à l'honneur

elle est déjà sobre, frugale dans ses goûts, elle se débarrasserait bien de ses modestes possessions, à l'image des moines ou des sœurs elle se dépouillerait avec joie : il y a déjà cela en elle

ça ne la fait pas rêver, les détails du trousseau,
elle n'a pas de ces faiblesses ou griseries-là
ce n'est pas une midinette ce n'est pas une Suzette
c'est ça qui nous plaît nous émeut en elle

Elle est entière – ils ne le savaient donc pas ? Même elle, Marie-Louise, ne le savait pas ?

On ne peut pas l'atteindre comme une jeune fille telle que Suzanne sa copine, par exemple, qui file le parfait amour avec son Jules et raconte tout à Marcelle et rit tout excitée

On ne peut pas la pervertir, la distraire

Elle est dure, déjà – ou l'est devenue, contrainte de se taire

Solitaire

On murmure, avec un brin d'étonnement critique, qu'on commence à « voir son caractère »

Alors Lucien et Marie-Louise qui devinent – ou plutôt Marie-Louise sait : mais elle a soin de n'en pas souffler mot – que leur fille ne se sent pas très bien dans sa peau vont essayer de l'aider

= lui présenter un mari

Comme si on pouvait présenter un mari tout cuit à Marcelle

comme si ça s'achetait ou se choisissait à l'étalage

ils ne savent pas à quel point elle est exclusive

passionnée

d'ailleurs on ne le dirait pas forcément, quand on la voit,

souvent les gens passionnés, exclusifs, cachent bien leur jeu – ils ont juste

parfois

un geste
un élan
un rire
un peu trop forts

Marcelle Marcelle tu vas te marier, hein,
tu vas devenir une épouse
puis une mère, hein ?

On a dû avoir l'idée de plusieurs jeunes hommes – ou vieux – mais le marché était pauvre après la guerre et Marcelle exigeante, on commençait de le pressentir, on n'arrivait plus vraiment à la cerner, c'est étrange plus on vit ensemble h24 plus on devrait se connaître eh bien pas du tout, il semble au contraire qu'elle s'éloignait – tout en restant plus que jamais là : ici

S'éloignait où ?

Dans quel pays intérieur ?

C'est à cette époque pleine de non-promesses, dans les années 45 à 50 mais je n'en sais pas plus, qu'on lui a donc présenté, entre autres, celui dont l'épisode de cette rencontre deviendrait le sujet d'une de ces « histoires drôles » pas drôles du tout, en fait, que l'on narre dans les familles lorsqu'une question un peu intime ou légèrement décalée est posée par un membre curieux – souvent de la jeune génération – et que l'on veut délibérément, pour ne pas mettre le doigt sur l'abcès, répondre à côté :

il s'agissait d'un garçon d'excellente famille dont les parents connaissaient ses propres parents

La rencontre en bonne et due forme avait eu lieu un dimanche après-midi – de fermeture du magasin, puisqu'après la guerre on avait imposé aux commerçants de fermer le dimanche

Sauf que cet homme, dont on ignore tout sauf qu'il était nettement plus âgé qu'elle, lorsqu'ils se trouvaient tous les deux en train de contempler la vue depuis la terrasse de sa maison où les deux couples de parents les avaient stratégiquement laissés seuls, s'est mis à vouloir décrire ou commenter les beautés du paysage à la jeune Marcelle, en les lui désignant toutes de la pointe de son parapluie – ce devait être un jour maussade et humide et surtout un homme prévoyant : eh oui, tout ce qu'il voulait lui faire admirer de son beau pays ou de sa belle propriété en bord de Loire il l'indiquait de la pointe de son parapluie noir comme avec un bras de remplacement – alors qu'il n'était pas un mutilé de la Grande Guerre, bien qu'il en eût presque l'âge

Au retour, Marcelle a déclaré à ses parents que jamais elle n'épouserait un homme qui, comme lui, désignait tout ce dont il parlait de la pointe de son parapluie, que ça ne se faisait pas, que de toute façon ça ne lui plaisait pas!

C'était une raison comme une autre, en tout cas elle n'avait trouvé que celle-là, rédhibitoire semblait-il, et elle la livrait avec fougue, avec un sens aigu de la révolte

On en est resté là, on ne l'a pas contrariée, mais l'histoire on la racontait en se gaussant un peu comme pour dire qu'elle était difficile, Marcelle, ha ! et finalement rigolote

On omettait de signaler une seule chose : cet homme, tout simplement, n'était pas Pierre Andersen

Voilà comment Marcelle, en plus de perdre son amoureux, a gagné qu'on puisse suggérer à la cantonade qu'elle avait « un fichu caractère » ou simplement – avec un petit sourire – « du caractère » mais c'était assez

Ça lui faisait une belle jambe

Bref les efforts pour lui dénicher un mari n'ont pas abouti – aucun effort ne vaut pour ça, on le sait pourtant, c'est même le contraire

Comme il ne semblait pas que d'autres hommes trouvent grâce à ses yeux – elle en eût élu un seul – elle a continué à travailler

Pendant que Louis poursuivait à Paris des études brillantes d'ingénieur en géologie/géophysique, Marcelle la Catherinette poursuivait sa tâche au magasin mais elle voulait aller plus loin

aller plus loin dans tous les sens du terme

partir d'ici

quitter la chambre solitaire, le magasin, et la rue Nationale où se profilait parfois – peut-être ? – la silhouette du fils Andersen – en elle-même elle dirait ou penserait désormais dans ces termes : « le fils Andersen », car il n'avait pas réussi à demeurer juste « Pierre », il avait fallu qu'il fût le fils d'un traître

À un moment donné elle a dû décider, ou plutôt accepter, de pouvoir vivre sans lui : d'être, finalement, SEULE

peut-être pour la vie

elle ne dépendrait pas des autres

elle serait courageuse, travailleuse, efficace,

éloignée de toute romance, et qu'on ne s'amuse pas à lui en conter – merci bien – de la pointe d'un vieux pébroc !

On perd sa trace durant les années sombres où l'on se bat pour faire repartir le commerce – on doit bosser avec cet employé simplet qui s'appelle Roger, qui pour l'instant se débrouille à peu près, pas avare de flatteries pour séduire le client, pas avare de courbettes, un peu lourd mais sympa,

tandis que Lucien se consacre aux commandes et à la vente, assisté de Marie-Louise toute désignée pour chapeauter, si l'on peut dire, le Roger – qui se confie aux clients égayés :

— Ben voui, j'suis v'nu à vélo. Mais j'repars en bicyclette !

C'est dans ces années sombres que l'âme de la maison

la Yaya

veuve depuis peu

va partir mais pas très loin, juste à la retraite – bien

sûr elle ne cessera pas son labeur, elle tricotera des chaussettes pour les uns et les autres, elle n'a pas appris à chômer –

mais elle revient parfois en invitée, pour passer une journée entière, l'été, à la maison de la Colline rouge, et le soir quand on la ramène chargée de gros bouquets de fleurs elle demande qu'on la dépose un peu avant sa porte « pour que ses voisines voient qu'elle revient de la Colline rouge »…

Jusqu'à ce qu'un jour elle tombe malade, la Yaya qui a toujours soigné les autres

Évidemment c'est Marcelle qui accourt à son chevet, y compris la nuit, elle demeure près du lit de la Yaya dans la chambre exiguë, avec la lampe à pétrole qui jette d'étranges ombres sur les murs, avec les gémissements de douleur de la malade, c'est elle encore qui est présente lorsque le prêtre s'approche de la mourante, c'est elle qui l'entend murmurer cette phrase : « Monsieur le curé, j'ai jamais fait de mal dans ma vie, et si elle était à refaire, eh bien je la referais de la même façon »

elle se souvient des mains usées de la Yaya, jointes sur sa poitrine, en prière

ses mains qui ont tant besogné

Alors après que la Yaya était partie au pays de Dieu

Marcelle, elle aussi, est partie un peu

C'est dans ces années-là qu'elle a vécu ce qu'elle appellerait plus tard son « grand bonheur », lorsqu'elle a eu l'occasion – grâce à la recommandation d'une de ses anciennes institutrices – d'effectuer un stage de trois semaines dans une maternité de Bourgoin-Jallieu

Les religieuses étaient sages-femmes – premier ordre de ce genre en France, fondé par les Petites Sœurs des maternités catholiques qui, au départ, accueillaient les enfants abandonnés des filles-mères, et dorénavant s'occupaient des mères enceintes puis de leurs bébés –

et c'était elle, Marcelle, qui gérait la toilette des nourrissons, chaque matin, aux côtés de la religieuse responsable

vêtue, comme il se doit, d'une blouse blanche, et coiffée d'une charlotte blanche aussi, couvrant ses boucles courtes

Le soir elle devait refaire les lits sans en ôter les bébés car elle n'avait pas le droit de les toucher toute seule, mais une fois, se souvient-elle, « le diable » l'avait tentée, elle avait pris dans ses bras « une petite fille trop mignonne », et juste à cet instant elle avait senti une présence derrière elle, c'était une religieuse qui la fixait, postée dans l'encadrement de la porte

très vite, le cœur battant, elle avait recouché le bébé
mais la sœur avait souri, et ne l'avait pas trahie

Puis, un jour, on lui avait confié un nourrisson
à elle, Marcelle !

Cette période reste un de ses meilleurs souvenirs et elle en parlera, plus tard, ça reviendra comme les épisodes très brefs de la vie qui nous laissent à jamais un goût d'infini

Chaque matin après la messe, raconte-t-elle, on entendait la cloche sonner

une fois

deux fois

trois fois…

autant qu'il était né de bébés pendant la nuit

Les cloches sonnent, les cloches sonnent

elles sonnent pour toujours dans la mémoire de Marcelle, revenue au bercail car il faut bien qu'elle revienne, le bonheur n'a qu'un temps surtout le grand, et on doit tellement œuvrer au magasin, il semble qu'un pli s'est fait, on s'est habitué à sa présence, finalement quand on commence à s'habituer un peu trop à vous, vous devenez captif d'une sorte de toile d'araignée : faut faire gaffe !

une toile élastique il est vrai – mais bien solide comme toute toile d'araignée – cependant elle ne peut pas se plaindre, elle est logée nourrie blanchie, appréciée des clients, aimée de ses parents, elle est telle une vieille connaissance que l'on croise dans la rue, elle fait partie des murs, et des ombres du soir – il paraît que le père Andersen est désormais recherché, ce serait justice car on est en pleine vague d'épuration judiciaire à Vichy, sa collaboration assassine il ne l'emportera pas au paradis ça lui collera toujours au derrière – mais le fils Andersen, pourquoi le rechercherait-on ? – sinon elle, Marcelle, par amour –

plus de traces de lui
définitivement envolé

Tant mieux
c'est moins dur comme ça

On peut tenter de se reconstruire, non ?
On a un toit, on a d'quoi vivre, de quoi s'plaint-on ?

Les cloches sonnent, les cloches sonnent

Peut-être la vieille, très vieille maison aux trois greniers, devient-elle ou va-t-elle devenir une amie, le temps passant

Une maison peut-elle devenir une amie ? Oui : cette proximité des murs qui vous connaissent mieux que quiconque

cette chambre toute blanche, d'un blanc nuptial – murs blancs, dessus-de-lit blanc moiré, presque précieux – mais dans laquelle elle demeure solitaire, luttant avec ses rêves dans son sommeil agité, y puisant son courage aussi, pour résister

cette cuisine tout habitée par l'écho des coups de gueule et des éclats de rires de la Yaya, où le vieux poêle qui s'appliquait à cramer, avec ronflante jubilation, le *Kanninchen*, témoigne encore : ne soyons pas tristes, au contraire c'est une force, ces présences invisibles

Ces murs

Ça ne veut pas rien dire, les murs

Ce toit
Ce vieux haut toit, pentu comme celui des maisons du pays

Elle se prenait à aimer – du moins à estimer à sa juste valeur – cette pérennité de la « chambre de jeune fille » qui l'attendait

Elle ne voyait pas ou ne croyait pas que cela risquait de l'emprisonner dans un carcan

Finalement elle était libre

Mais libre ça veut dire quoi ?

Les sociologues vous expliquent qu'on n'est jamais libre

au fond

Alors quand elle est toute seule la nuit
son lit devient une barque
un bateau
un navire
elle peut s'y allonger dans tous les sens
en long en large en travers
elle peut y plonger comme en un océan
un lit matrimonial pour soi tout seul
c'est un voyage !
une lune de miel à déguster soi
égoïstement
Plonge-toi valse tourne et danse
dans tous les sens
Marcelle
dans ton grand lit telle une nacelle !

Si elle avait beaucoup de chance, il arrivait qu'après s'être réveillée haletante au cœur des ténèbres et dans l'angoisse de ne plus sombrer à nouveau avant le petit matin – pour OUBLIER, bien sûr – le sommeil vînt à repasser quand même et la reprendre

par surprise

par excellente surprise

alors soudain le lit lui permettait de basculer dans une

AUTRE VIE

il devenait son plus cher ami,

son confident

son fruit défendu

elle le bénissait en secret

dans cette intimité qu'à peine ici j'entrouvre

et elle remerciait – qui ? – de lui avoir fait OUBLIER pour une heure, ou quelques minutes de plus, sa

VIE

de femme seule dans son (trop) grand lit

Et tout se renversait toutes les valeurs étaient retournées en sa faveur grâce à ces minutes de sommeil supplémentaire pendant lesquelles, par exemple, elle avait rêvé qu'elle tenait dans ses bras, comme à la maternité de Bourgoin-Jallieu, un bébé

combien de fois a-t-elle nourri

ce rêve et ce bébé

– la matière et la texture étaient plus importantes que la figure même de l'enfant, la sensation de chaleur au creux de ses bras, et du poids du bébé tout rond et potelé –

et dans ce rêve-là eh bien
adieu cette vie
sans fruit
car le bébé ce n'était pas seulement un bébé c'était une création de chair
un bébé d'envie
c'était tout ce qu'elle n'avait jamais eu le temps, ni l'OCCASION, de mettre au jour
c'était une création de NUIT c'est-à-dire :
la possibilité d'enfanter
au sens large au sens fort la possibilité de
CRÉER
qui ne lui avait pas été accordée
– et que la NUIT conjuguée au RÊVE
ou : que le RÊVE né de la NUIT
lui octroyaient

CADEAU ! cette heure de sommeil volée à la pensée, à la tenace pensée – cette heure de sommeil gratuite, offerte
comme un mets gourmand
comme un bonbon
comme un peu, enfin, de légèreté

(nous avons passé sous silence le fait qu'en réalité elle demeurait immobile à la même place, couchée du même côté du lit – celui de sa table de chevet où était disposé avec soin son matériel de survie nocturne : livre, lunettes, réveil et montre, mouchoir brodé, verre d'eau… parfois une pomme, pour les cas d'insomnies – couchée toute droite, n'ayant même pas l'idée d'usurper davantage de place ni de ravir celle de l'autre, absent imaginé fantasmé, n'osant s'offrir cette chance de déborder, physiquement, du creux formé par l'empreinte de son corps)

À l'aube bénie l'attendait le cabinet de toilette attenant à la chambre et éclairé par un tube de néon qui diffusait, non pas un blanc glaçant comme souvent, mais une lumière jaune pâle

doté d'un lavabo garni du strict nécessaire – éponge, savon Palmolive, brosse à ongles, brosse à dents dans son gobelet –

équipé, sur sa droite, d'un porte-serviette mural et d'un crochet où suspendre cet accessoire alors indispensable qu'on appelait une « main éponge »

et surmonté d'une armoire de toilette pourvue d'un miroir qui lui renvoyait une image qu'elle regardait, ou plutôt vérifiait, à peine, et qui renfermait derrière son unique porte des accessoires davantage destinés à l'hygiène qu'à la beauté : ciseaux à ongle, cotons-tiges, huile d'amande douce, talc de Venise et surtout eau d'Émeraude, remède magique contre les petits bobos… et toujours, aussi, une eau de Cologne dont elle usait avec parcimonie mais quotidiennement, car c'était bien sa seule coquetterie : sentir bon

– ou, plutôt, son exquise politesse envers autrui

Elle tirait derrière elle, dans un doux son de claquement mouillé, le rideau de plastique blanc nacré qui isolait de la chambre ce cabinet privé, avant de faire ses ablutions – sa toilette de chat – ou encore de se « nettoyer le museau » comme elle disait

réservant pour le dimanche et les jours de fête la « grande toilette » – toilette de chatte? :-) –

elle tirait ce rideau machinalement alors qu'aucun regard, amoureux ou pas, n'aura jamais suivi sa silhouette à peine devinée, ou plutôt son ombre s'activant en silence – si ce n'est, à l'instant, celui de la visiteuse secrète que nous sommes

Uniquement à ce moment de sa vie, derrière ce rideau de pacotille accroché à sa tringle et trop léger pour être honnête – pas tout à fait opaque – elle était NUE

mais le reste du temps : rideau! (opaque, cette fois)

Doucement Marie-Louise se remettait de la guerre qui lui avait arraché son tant aimé petit frère, Antoine, résistant déporté à Buchenwald et jamais revenu, elle s'affairait, vaillante, toujours bien vêtue avec ses cols de dentelle blanche cousus sur le paletot gris clair, bien coiffée avec ses cheveux bouclés où naissaient des fils d'argent : « Le souci, ma pauv'dame » disait-elle en souriant – elle n'a jamais eu peur de vieillir, Marie-Louise, elle était trop sage pour ça, mais la sagesse aussi ça peut vous faire mourir

Elle résistait à sa façon, aux côtés de son mari surmené : il souffrait de problèmes de cœur, il étouffait souvent, il se tuait à la tâche le matin dans son atelier de menuiserie de 5 à 7, la journée dans l'arrière-boutique à rédiger les commandes ou derrière le comptoir à gérer les relations avec les clients : « Mais menuiser le matin, c'est ce qui me détend » se défendait-il

Et Marcelle dans tout ça ? Marcelle épousait le sort de ses parents, elle épousait leurs tracas leurs soucis au jour le jour elle épousait leurs joies aussi leurs éclats de rire leurs histoires drôles car c'était une famille gaie et après la guerre on avait besoin de rigoler – elle épousait tout ça avec beaucoup de calme et sans regret semblait-il, tout ça au lieu d'épouser

Pierre Andersen

Dix autres années ont dû passer, de 45 à 55, années d'après-guerre au cours desquelles Marcelle vieillit, on ne l'embête plus avec son avenir – par délicatesse ? par crainte de se voir vite rembarré ? – car l'avenir c'est le présent tous les jours recommencé, il n'y a pas d'autre avenir souhaitable que la paix

Marcelle a payé pour la guerre mais elle paye aussi pour la paix

Rien ne se passe d'autre, dans sa vie, que la routine

cependant que Louis vit et travaille désormais à Paris où il continue d'œuvrer brillamment, et il revient souvent les voir, en fils aimant, en frère affectueux comme il le restera toujours

Mais Lucien avait décidément du mal à respirer : il semble que cette Seconde Guerre dont on dit qu'elle dura de 39 à 45 n'en finissait pas, en fait, de causer des ravages, car des accusations qui le visaient circulaient, rumeurs infondées mais coriaces, notamment d'enrichissement grâce à du marché noir – nées de jalousies à voir le magasin se relever et même prospérer

C'est ainsi qu'un jour eut lieu un malheureux contrôle ou plutôt ce que Marie-Louise appellera un « contrôle malhonnête » – on n'en sait pas plus sur ces années-là comme tout ce qui s'est fait et dit dans cette période trouble où remontaient des faits obscurs, mais en tout cas c'était bien commode de taper sur lui, le chapelier : pourtant un homme honnête

honnête à en crever

Pas très grand, des yeux clairs sous des sourcils arqués, et depuis quelque temps à la cinquantaine une moustache qui au début l'avait vieilli mais là aussi on s'était habitué

Très organisé : toutes ses mensurations étaient consignées dans son carnet qui ne le quittait pas : tour de tête = 57, pointure des gants = 8 et demi, chemise = 40, chaussures = 42

Tempétueux

Toux sèche dès la moindre contrariété

De plus en plus sensible au moindre retard, à la moindre anicroche sur le programme de la journée, ne supportant pas le moindre décalage, la moindre faille sur ce qu'il avait prévu – comme si la vie était devenue un mécanisme d'horloge qui devait toujours rester bien huilé sinon couac !

Alors en 1955, quelques semaines avant que Louis devenu ingénieur géophysicien vienne présenter à ses parents l'heureuse élue de son cœur – une Bourguignonne petite et brune, fraîche comme un coquelicot et issue d'un milieu modeste : son père était réparateur et vendeur de bicyclettes dans un bourg sis à deux cents kilomètres de la ville de D. – Lucien, à la suite de ce contrôle malhonnête où il avait été contraint de « rendre » une somme importante, a été pris d'étouffements récurrents

au début il a gardé autant que possible la chose pour lui, c'était pas le genre d'homme à s'inquiéter pour sa pomme et encore moins à se plaindre – ou appeler le médecin –

sauf que juste après, il a subi sa première attaque de paralysie

On s'habitue aux gens qui maîtrisent tout, qui sont la référence en cas de problème, qui figurent l'image même de la pérennité, des sortes de piliers dont on croit – sans y réfléchir, sans oser songer au pire – qu'ils seront toujours là

Or tout l'édifice tenait à la force de ses bras, à lui – travailleur, obstiné, sourcilleux, attentif aux autres même si tempétueux, et surtout si bon qu'il conviait à sa table le moindre malheureux, disait-on : « le cœur sur la main » –

mais son cœur, même « sur la main », flanchait

Lui, le père chéri à sa fille – cette fille qui, à l'âge de 12 ans, avait émis le vœu de devenir religieuse, vœu qu'il avait préféré ignorer, lui l'impie (secret), qu'il avait enfoui en lui-même ou mû en vœu pieux afin qu'elle ne puisse jamais en venir à « faire ses vœux » : que de « vœux » ! –

sa fille dont cependant le trousseau patientait toujours – « Ça, c'est pas le problème », tranchait-elle, le regard dur, quand il arrivait qu'on évoque les trésors inutiles rangés dans l'armoire

Lui donc, le père dont elle devinait l'affection sans qu'il la lui exprime – ils se sentaient proches par leur tempérament exigeant, leur pudeur qu'on disait excessive car ils étaient de la même trempe : des taiseux – n'était pas à la maison lorsque les deux comptables sont venus, un jour, rapporter la somme que Lucien avait été sommé de leur remettre un mois auparavant et ont demandé à le voir pour lui rendre en mains propres cet argent – avec toutes leurs plates excuses – mais c'est Marcelle qui les a reçus, et elle n'a pas mâché ses mots :

— Inutile d'essayer de le voir, rien qu'en apercevant vos têtes il serait capable de prendre une autre attaque !

Ils se sont retirés tout penauds paraît-il, et c'est le comptable attitré de Lucien qui, délicatement, l'a mis au courant

Malgré cette tardive consolation il a écopé d'une seconde attaque qui l'a encore affaibli, jusqu'à ce qu'une troisième, dans un hôtel de Royat où il suivait une cure thermale spécialisée dans les maladies cardio-artérielles, le terrasse et le tue

Dix ans tout juste après la fin de la guerre

Voici ce qu'on a dit : qu'il avait été tellement indigné et secoué par ces accusations mensongères que cela avait joué sur son cœur fragile, comme sur ses nerfs malades depuis la Grande Guerre, et que ces fortes contrariétés, ajoutées à son rythme de labeur incessant, avaient provoqué, alors qu'il atteignait ses 60 ans, cette troisième et fatale attaque

Elles se sont retrouvées, les deux femmes, seules à devoir gouverner le navire

Louis était en plein démarrage de sa carrière et il épousa, la même année que la mort de son père, sa Bourguignonne aux cheveux bruns et aux yeux clairs

« Surtout ne modifie en rien tes projets ! » lui avait fait promettre Marie-Louise car il était hors de question, hors de question entendez-vous bien, que ce bouleversement nuise à la carrière ou à la vie privée de son tant aimé fils mais peut-être, dirait-il plus tard, que « ça ne se serait pas passé comme ça si tout n'avait pas été, déjà pour moi, enclenché, peut-être que j'aurais repris le magasin »

Mais les circonstances en avaient décidé autrement, les circonstances font un peu ce qu'elles veulent dans notre vie, elles sont presque tout le temps gagnantes, elles ont l'air de rien, comme ça, mais elles dictent tout

Tout, c'est-à-dire que Marcelle et sa mère allaient devoir faire fonctionner le magasin, oh ce n'est pas qu'elles n'en étaient pas capables, elles savaient tout gérer de A à Z, les commandes les comptes la vente et offrir le sourire de la bonne commerçante par-dessus le marché c'est juste que le cœur n'y était plus

que Marie-Louise allait bientôt atteindre ses 60 ans elle aussi

et dans cette nouvelle configuration Marcelle s'est vue – à juste titre – enfermée

avec son fichu caractère – d'abord elle ne supportait plus le Roger : ses insuffisances, ses manies, sa bêtise… son vélo et sa bicyclette ! ça ne la faisait pas rire, elle, nouveau pilier de l'équipe endeuillée

Pendant sept ans encore elles ont continué, comme autrefois mais sans aide – elles avaient limogé le Roger – et elles n'ont pas perdu de clients car Marcelle, affirmera Marie-Louise, s'est montrée « digne de son père », un ange de bonté et de dévouement, jamais une plainte ni un air de découragement

elle qui si longtemps avait « prêté la main » ou « prêté main-forte » au magasin, voilà que maintenant elle la donnait

sa main

forte

Sept années quand même elles ont mené la barque, sept années de suite elles ont gouverné à deux, bras dessus bras dessous

Est-ce de cette époque que date la photo ? Une photo en noir et blanc prise devant la vitrine du magasin, et sur laquelle elles posent côte à côte, vêtues de noir ou de sombre

en fait elles se tiennent – solidement – le bras
toujours bras dessus bras dessous
elles ne sourient pas elles sont juste là
on se demande quelle est la mère quelle est la fille ?

– mais ce n'est pas pour suggérer que la mère fait plus jeune que son âge, c'est pour signifier que la fille fait plus vieille que son âge

ou alors, qu'elle n'a pas d'âge –
elle n'a plus l'âge
plus l'âge de quoi ?

L'âge d'aimer ?
35 à 40 ans seulement, quand même

(De toute façon il faut s'en tenir à elle
à elle seule, Marcelle,
c'est de la fille dont il est question, ici)

Il y a cependant une deuxième photo, prise semble-t-il à cette même époque, où Marcelle apparaît resplendissante : bien coiffée, bien habillée et souriante – heureuse ? – mais surtout, au dos de cette photo est écrite de la main de Marie-Louise cette énigmatique question : « Pourquoi pas ? »

ça veut dire quoi, ce « pourquoi pas » ?
y aurait-il anguille sous roche ?

Elles vont devoir vendre le magasin dans les années à venir

avec un serrement de cœur pour Marie-Louise

mais pour Marcelle, pas de serrement de cœur ni de serment au cœur ! ni de « pourquoi pas ? » demeuré lettre morte

Alors vole, Marcelle, accorde-toi un peu de liberté, même si ta mère est seule – mais elle va bientôt devenir grand-mère, éperdue d'amour pour ses deux petites-filles

Toi, prends ton élan, va !

Pour l'instant elle reste à la maison, elle est tout le temps là, disponible, aidante,

elle dont son père souhaitait qu'elle soit autonome, car il s'inquiétait pour son avenir, il aurait voulu la laisser pleine d'atouts pour réussir sa vie : sa fille indépendante, sa fille exigeante pensait-il un peu soucieux, aux yeux de laquelle aucun homme n'avait trouvé grâce

pas même un mari, mais surtout pas même

semblait-il

un homme un mâle – cela reste secret, personne n'en parle, en présence de Marcelle jamais on n'abordera le sujet ni ne posera les bonnes questions, les seules importantes, finalement

au contraire on les évite, on se rabat sur des questions in-importantes, on fait comme si on avait

ACCEPTÉ

qu'elle soit toujours là, Marcelle,

élément du décor ambiant

Secrètement à cette époque on l'appelle par cette expression, hélas encore aujourd'hui rescapée alors qu'elle devrait tomber à jamais aux oubliettes, ou bien se transformer en « femme libre » : une « vieille fille »

Elle va donc exercer, *de facto*, cet ingrat métier de maîtresse de maison, que l'on ne devrait pas non plus appeler « métier » puisqu'il n'est pas rétribué – dont jamais on ne parlera assez bien parce que c'est considéré comme si peu amusant d'en parler, n'est-ce pas ? si peu digne d'intérêt que ce serait mal user sa salive, ce serait du temps gâché, et puis ça n'a rien de joyeux non plus, ça n'est ni gai ni triste et ça on ne pardonne pas, cette tiédeur

En plus Marcelle n'est même pas maîtresse mais plutôt sous-maîtresse de maison car c'est toujours sa mère qui tient les rênes : une fois de plus, elle n'est qu'une petite main – mais petite main à ce point, ça ne vous dit rien parce que justement c'est rien, c'est juste des heures et des heures passées pour que tout tourne bien c'est-à-dire pour qu'on ne s'aperçoive de rien

en fait : c'est le summum de l'invisible

Quand il faut vider le magasin elle est là aussi, Petite Main Forte, elle empile les boîtes à chapeaux filetées de doré, elle trie par taille les longs cartons de chemises, et tout ce qui n'a pu être vendu ou dispersé et que Marie-Louise veut absolument conserver – formiers, élargisseurs, têtes en bois qui se mueront, au fil du temps, en simples objets de décoration posés sur une cheminée ou un bahut et que les arrière-arrière-… petits-enfants, si leur regard tombe dessus, fixeront d'un œil perplexe ou, au mieux, curieux : « C'est quoi ce truc? » – va échouer dans le deuxième grenier : c'est toute une vie et tout un métier qui peu à peu sous ses yeux se défont

c'est son enfance ou plutôt son univers qui part à la dérive – elle a gardé un calendrier du magasin datant de la dernière année : *1961*, de ceux, au format de poche, que l'on distribuait aux clients fidèles dès le 1er janvier et sur lequel est imprimé au recto :

Qualité certaine
chemisier agréé
chemisier qualifié

tandis qu'au verso on peut lire, et compléter avec nos propres chiffres si ça nous dit :

Vos mesures : chemise
chaussettes
ceinture
pyjama

Mais les longs comptoirs de bois sombre, on les laisse dans le local à louer, car ceux qui vont reprendre le magasin sont aussi des « chapeliers-chemisiers », sauf qu'ils feront passer les chemises en premier, ainsi que les pyjamas, et les combinaisons ou « fonds de robe », bref toute la lingerie, et bien sûr les mouchoirs en tissu, pliés dans des petites boîtes plates au couvercle transparent, aux coloris assortis, et noués par un ruban de satin

le magasin va continuer

sans chapeaux ou presque : voici venu le temps des va-nu-tête

et sans elles

Entre-temps la maison de la Colline rouge était devenue elle aussi une charge : qui allait s'occuper du jardin ? Et si on prenait un jardinier de temps en temps, hein, ce serait avec quels moyens ? Une maison dans la campagne en bord de Loire ça s'abîme à cause de l'humidité, il y a toujours quelque chose à entretenir ou à réparer : comment allaient-elles se débrouiller, les deux femmes ?

Alors elles ont vendu la maison de la Colline rouge

même si ce fut un crève-cœur pour Louis mais Louis avait sa vie ailleurs, il n'allait pas pouvoir s'occuper du jardin potager, avec les asperges qui vous naissaient dans les mains si facilement qu'on s'était même offert, en direct de l'usine de faïence, un « service à asperges » en terre de fer décoré de fleurs peintes à la main, dans ces couleurs uniques à la fois vives et tendres, rouge framboise et bleu violet, qui demeurent à jamais la marque de fabrique de cette vaisselle enchanteresse, et chaque assiette avait son recoin pour y recevoir la sauce

s'occuper des pommes de terre des tomates des haricots verts grimpants

s'occuper des gros massifs de fleurs et aussi de l'entretien de la tonnelle où on paressait les après-midi de forte chaleur en regardant en contrebas luire l'eau de la Loire

Elles ne pouvaient, elles, tenir correctement qu'une seule maison – « qui a deux maisons perd la raison » – alors elles ont gardé l'appartement au-dessus du magasin

Elles = comme un être double
C'est donc ce que tu vas devenir, Marcelle : un doublon ?
Vite, vite, va-t-en ! File !

Mais soudain s'est produit dans leur famille comme une explosion : l'arrivée du premier bébé de la nouvelle génération – on dit qu'une génération pousse l'autre, mais l'autre résiste encore, elle veut vivre – avec la naissance, fêtée, royale, de l'enfant de Louis et de Véronique
et c'était une petite fille
– ça a été à la fois formidable et terrible –
il était là
l'angelot nouveau
à être sans cesse pris dans les bras
à recevoir des sourires
à avoir besoin de vous quand il hurlait à s'en étouffer
de fureur – de faim – de sommeil – de rage
C'était un bébé comme toujours elle en avait rêvé, Marcelle,
et elle, âgée de plus de 40 ans,
n'en aurait jamais
jamais

même pas 1 (rien à compter sur ses doigts)

Alors elle s'en est occupée lorsque Véronique, la mère, est venue séjourner chez sa belle-mère quelque temps à D., pendant que Louis partait en mission pour six mois aux États-Unis

elle l'a pris, le bébé, l'a dorloté

elle, Marcelle, a tenu dans ses bras le premier des bébés

dont, en plus d'être tante, elle allait être nommée – sacrée – marraine : une couronne invisible

une couronne à son front

vierge

Mais elle était trop présente, affectueuse, exclusive : elle se croyait la mère peut-être? – à être jalouse quand l'autre, la vraie, obtenait des sourires et des « ma-man » à vous faire fondre d'émerveillement et d'envie

C'était trop, l'a ressenti Véronique, il y avait quelque chose de pas clair, pas net, ont-ils pensé – qui? les autres, la vastitude des autres – et elle, Marcelle, l'a bien senti aussi

en a souffert – elle se souvenait du regard de la religieuse, postée dans l'encadrement de la porte à la maternité de Bourgoin-Jallieu –

souffert elle-même de sa propre frustration, de l'impossibilité d'aimer le bébé gentiment, raisonnablement, de l'aimer avec sagesse et résignation

Elle faisait décidément tout à l'envers de ce qu'il fallait

toujours trop ou pas assez :

il fallait rompre!

Rompre quoi ? La vie de famille ? Mais que vas-tu devenir, Marcelle, au sein de cette lignée nouvelle, joyeuse ? Quelle va être TA PLACE ?

N'est-elle pas amenée à disparaître, ton histoire d'amour fantôme puisque dans les faits concrets « il n'y a jamais rien eu » ? Que pèse une histoire juste désirée, imaginée – peut-être ébauchée : un baiser… ? – face à l'histoire concrète
charnelle
odorante et bruyante
de l'arrivée d'un bébé ?

N'aurait-on pas tendance à penser que « ça, un bébé, c'est la vie » ?

Donc toi, tes rêves secrets, tes passions intérieures, tout ça ce n'est rien ?

Je voudrais dire ceci : il n'y a pas automatiquement de coupable dans les familles, sinon tout le monde est coupable et tout le monde est innocent – sauf les enfants qui, au départ, ne sont qu'innocents

Remontons un peu la chaîne et on verra bien

En tout cas, ce ne sont pas forcément les parents, les coupables, eux qui aussi ont été des enfants

D'ailleurs quand Marcelle a voulu partir, Marie-Louise n'a rien pu objecter, pour une fois que sa fille émettait un désir acceptable – bien qu'elle n'aimât pas, mais alors pas du tout, la solitude, à tel point qu'un soir où ça tonnait du feu de Dieu elle s'est retrouvée à quatre pattes sous la table comme une gamine qui a peur du loup, ou une veuve qui ne s'accoutume pas

Sa fille n'était plus une enfant même si, quand ils demeurent près de vous au lieu de s'envoler, on risquerait de croire qu'ils le sont encore : elle devait enfin être libre, a considéré Marie-Louise, de faire ce qui lui plaisait

En plus Marcelle venait d'obtenir son permis de conduire – c'était une des volontés de son père – et elle avait une petite voiture, et même si c'était uniquement utile, la conduite, même si ça n'a jamais été un plaisir pour elle – on se demande qu'est-ce qui était un PLAISIR pour elle ? – en tout cas c'était un gage d'indépendance

Fais ce qui te plaît, ma fille, a pensé très fort Marie-Louise

Fais enfin ce qui te plaît !

C'est ainsi que Marcelle est partie, un jour, pour Pontarlier

Pontarlier : on dit « un Pontarlier » ou plutôt on abrège : « un Pont » et ça, c'est une macération d'anis vert mélangée à de l'alcool : cocktail explosif!

Explosif, aussi, était Guillaume Boudot, son employeur le magnétiseur – très lointain cousin – qui cherchait quelqu'un pour l'assister dans son travail pendant plusieurs mois voire une année – et Marcelle, bien sûr, était libre, elle a toujours été libre pour ce genre de choses : « on cherche quelqu'un qui... quelqu'un pour... » mais en plus, cette fois, elle en avait envie

L'explosif Guillaume Boudot habitait un vieil appartement au centre-ville avec sa tempérante femme Élodie, c'était un couple sans enfants et Élodie très vite a beaucoup apprécié Marcelle, le soir elles s'offraient de longues conversations, assises à la table de la cuisine – Élodie plus âgée se sentait de l'affection pour cette fille un peu seule, un peu étrange – et Marcelle logeait dans un studio indépendant, dans le même immeuble

Elles auraient presque pu devenir amies si...

Mais il y avait lui, Guillaume le conquérant, doté d'une forte personnalité, ce genre de personne avec laquelle il est presque impossible de nouer une relation purement professionnelle – trop d'empathie – trop de volonté de puissance aussi – trop d'ego

Même si, au départ, il a juste désiré que Marcelle soit toute à lui c'est-à-dire soumise, entièrement à sa dévotion, lui qui vous hypnotisait de son regard perçant à tel point que vous vous sentiez fondre comme une motte de beurre ou, plus vite encore, de margarine

lui qui pouvait complètement endormir quelqu'un à table en face de lui pour parvenir à le guérir ou du moins le désinhiber

lui qui avait besoin de pas mal d'adoration sans doute – que ne lui dispensait pas suffisamment sa femme Élodie, intelligente, fine, intuitive, mais pas du genre à s'aplatir comme un paillasson

Voilà que Marcelle – sans qu'il ait fait quoi que ce soit de plus qu'être là, avec « son don », disait-on, ses facultés inexplicables, et tellement attirantes – voilà donc que Marcelle peu à peu a senti s'éveiller en elle un sentiment puissant

– c'était comme si secrètement il lui offrait une chance d'être comprise, elle dont on s'intéressait si peu à la vie, elle à laquelle on avait déjà pris l'habitude de poser peu de questions, comme si était entériné le fait qu'elle n'avait « pas fait sa vie »

Mais ce sentiment éveillé en elle ne pouvait demeurer, une fois de plus, que caché – avec Élodie qui n'était pas née de la dernière pluie, et souriait en observant la mûre demoiselle : une de plus, devait-elle penser douce-amère, qui succombe au charme du grand ponte, une de plus qui tombe, plouf! dans son escarcelle

Elles allaient pourtant toutes deux, Élodie Boudot et Marcelle Jallard, les dimanches, se promener dans la campagne alentour, elles marchaient des heures sur les sentiers et cueillaient des fleurs qu'elles rapportaient pour en égayer la cuisine vieillotte, et ces moments d'apparence anodine imprégnèrent si fortement Marcelle qu'elle en rêve encore, elle se voit avancer dans une profonde allée de sous-bois, les feuilles craquent sous ses pas et les arbres de chaque côté lui ouvrent silencieusement la voie

et cela, cette jouissance sylvestre, ne regarde qu'elle

Accorde-toi du plaisir, du plaisir à l'état brut

Prends cette allée de sous-bois qui te tente tant, jonchée de feuilles mordorées ou cramoisies

Enfonce tes pas dans le rêve, et dans le craquement des feuilles mortes

Marche sur ces feuilles craquantes, jaunes, rouges, tout juste tombées par le vent, avec à l'horizon le chemin tout droit et, sur le côté dans la clairière, le feuillage vert clair des bouleaux au tronc lisse et nacré que tu t'autorises à toucher et même à caresser comme une chair jeune et fraîche

Dans l'odeur qu'elle respirait alors il y avait l'odeur de l'enfance

unique

Et ça lui faisait du bien
elle qui ne s'accordait jamais rien

– d'ailleurs regardez-la quand elle dort, observez cet air sérieux, ces lèvres pincées, cette ride verticale entre les sourcils, elle dort du sommeil de ceux qui ont la conscience tranquille mais demeurent en recherche, qui ont bien accompli leur tâche mais continuent, même en dormant, d'être SÉRIEUX, qui ne lâchent jamais prise : même en dormant Marcelle travaille, mais pour quoi, pour qui ?

Alors détends-toi, Marcelle
lâche prise
profite
jouis !

Même quand il l'endort, elle
sa patiente préférée
il a l'impression qu'il ne pourra
jamais la toucher
l'effleurer
l'atteindre
il y a en elle un tel bloc de défense

un tel bloc de douleur – inconnue de lui – qu'il ne peut que contempler ces traits fins, ce nez un peu pointu, ces joues à la peau fine, ces lèvres minces, ces cheveux bouclés toujours blonds qui subissent la maîtrise de la laque – et lui, massif, carré, pénétrants yeux noirs sous une crinière sauvage déjà argentée, lui le Guillaume dont on parlera peu (puisqu'il faut s'en tenir à elle, seulement à elle) reste perplexe : qui est-elle, Marcelle ?

Elle ne se livre pas, jamais, il perçoit seulement cette douleur enfouie – un amour certainement, empêché – d'où sa brusquerie parfois, mais aussi sa passion

Elle le prend pour un Dieu

C'est un peu fatigant pour lui

il ne pourra pas mariner longuement dans cette situation

il ne pourra pas la garder, cette Marcelle passionnée

Marcelle « impossible à vivre », dira-t-on – mais est-ce qu'on en cherche la raison ? C'est bien commode d'étiqueter les autres, une fois que blessure leur fut faite

Élodie s'est rendu compte de ce qui se passait

Guillaume aussi

Marcelle aussi

Tous les trois se sont rendu compte qu'il y avait un lézard quelque part, mais ils restaient tétanisés dans cet étrange trio, avec cette fille surgie comme une fleur au milieu d'eux – Marcelle ne cessera-t-elle donc d'être sans cesse « au milieu de » ?

Guillaume Boudot était un homme trapu à la présence lourde

Élodie une femme au teint pâle, aux cheveux blond-roux retenus par un chignon lâche sur la nuque, elle avait un certain charme dans sa douceur têtue, quelque chose d'opiniâtre se dégageait d'elle, on sentait qu'elle avait dû batailler pour garder sa place aux côtés de son Guillaume et elle s'y tenait, ardente – ardeur bouillant sous la douceur apparente – voilà pourquoi elle s'entendait bien avec Marcelle : deux femmes bouillant au-dedans d'elles, mais policées quand même, deux femmes contraintes de se frayer leur chemin dans un monde d'hommes

C'est ainsi qu'elle a pris sa place, Marcelle, la seule possible en vente ou plutôt en location : au début elle était une sorte d'assistante qui notait les rendez-vous, une secrétaire – elle occuperait toujours ce genre de fonction, la seule à laquelle pouvaient prétendre les femmes à cette époque –

mais en fait elle serait

plus secrètement

une sorte de cobaye – une pâte toute dévouée sur laquelle imprimer, pour Guillaume, sa patte magnétique –

elle lui permettait de « se faire la main » sur elle, Petite Main,

une patiente docile

elle avait tant à donner

il y avait ces deux faces en elle : une assistante méfiante, un peu dure, puis, en dessous, une tendre, une pleine de désirs refoulés

Ce qu'elle y gagnait, à cette nouvelle expérience mi-professionnelle et à ce statut non répertorié ? Eh bien quand même, son indépendance hors du toit familial, et aussi quelques sous « au noir »

(Mais de toute façon, j'insiste, est-ce que la majorité des femmes de cette génération pouvait exercer une autre activité que celle de petite main, secrétaire, auxiliaire, petite cuiller, etc. ? C'est pourtant pas si lointain, quand on y pense)

Au milieu de ce séjour à Pontarlier, qu'elle entrecoupait de brefs aller-retour à D. pour rendre visite à sa mère, eut lieu un nouvel épisode de leur tandem mère-fille

lorsqu'elle décida d'emmener Marie-Louise – qui en rêvait depuis longtemps – jusqu'en Italie afin de rencontrer le Padre Pio, ce moine capucin et prêtre italien qui attirait une foule immense

lui dont le cœur avait, disait-on, été transpercé par un dard spirituel avec saignement à la poitrine, mais aussi aux mains et aux pieds qui conservaient les stigmates du Christ en forme de croix

et lorsqu'il célébrait la messe, affirmait-on, « on voyait des gouttes de sang sur son front »

C'était un voyage compliqué voire quasi impossible depuis la petite ville de D., il fallait se rendre à Dijon pour prendre le train jusqu'à Vallorbe puis Foggia, un total de plus de 1 200 kilomètres et elle s'est battue, Marcelle, devant les difficultés – elle a dû annuler une première fois les réservations car il n'y avait plus de correspondance possible – alors elle s'est intérieurement houspillée : « C'est le démon qui ne veut pas que nous fassions ce voyage, eh bien nous allons voir qui sera le plus fort ! »

mais elles ont réussi à partir, enfin

Dès le moment du départ elles se rappellent, disent-elles, que les portes semblaient s'ouvrir devant elles

la traversée de la Suisse : un enchantement

les lacs italiens : des vues superbes

et même lorsqu'elles sont arrivées à Vallorbe et qu'elles ne parlaient pas la langue, elles se faisaient comprendre par gestes, comme si les paroles n'étaient déjà plus importantes, comme si le langage s'effaçait face à quelque chose de grandiose

jusqu'à ce qu'elles découvrent la vieille route menant à Foggia, une route pauvre avec des oliviers

tous penchés du même côté

une terre sèche et grise

Et à leur arrivée dans la pension de famille Notre-Dame-de-Lourdes, voisine du couvent, une femme du beau nom de Philomena leur apporte un grand bol de café au lait avec pain et beurre

Le lendemain le Padre Pio célébrait la messe à 5 h 30

Elles y ont assisté, levées en chœur dès l'aurore, elles l'ont vu arriver soutenu par deux pères, le Padre, vêtu d'une aube aux manches très longues mais lorsqu'il a quitté ses mitaines ses mains blessées sont apparues

à partir de là, plus rien n'existait pour elles

elles ne se rappellent plus combien de temps l'office a duré, mais lorsque le Padre a pris le chemin de la sacristie elles avaient l'impression d'être devenues des statues de sel, et, a raconté Marcelle, « je me suis aperçue que le devant de mon imperméable bleu ciel était mouillé, mes larmes avaient coulé sans que je m'en rende compte »

Elles ont cherché à le voir d'un peu plus près, à la fin de leur séjour elles ont osé demander à un moine si elles pouvaient obtenir un laissez-passer pour se trouver sur son passage et recevoir sa bénédiction, c'était la veille de leur départ donc leur dernière chance, alors il leur a accordé cette grâce

et elles ont pu voir de près le Padre assis sur son fauteuil roulant, il les a fixées « de ses yeux noirs et perçants », les fidèles en extase touchaient ses mains, ses manches mais elles n'ont rien touché, elles, la miraculeuse vue de ce Saint leur suffisait

On était en mai 1968
il est mort en septembre de la même année
franchement il était temps

Elles ont rapporté des livrets saints

des petites cartes religieuses sur lesquelles il pose, dans son long habit noir et sa belle barbe blanche

et un bout de tissu, qui aurait reçu son sang

Ne vous moquez pas s'il vous plaît
car cette vénération
et cette adoration
ne regardent personne d'autre qu'elles
c'est le moyen qu'elles ont trouvé pour aimer vivre

ce n'est ni jugeable ni condamnable – esprits critiques ou caustiques, allez vous rhabiller –

Ce fut un tel bonheur, ce voyage,
une telle grâce, cette oasis dans leur vie

Une religion
voilà ce vers quoi elle tendait, Marcelle,
pour éprouver encore du désir !

C'est ce que lui enseignerait Guillaume Boudot – une sorte de prêtre, finalement – lorsque de retour à Pontarlier elle aurait l'honneur qu'il l'initie à l'art de la radiesthésie – petite religion intime, sans autre dogme que celui de laisser le pendule suivre ce qu'il vous indique, la main guidée par les oscillations mystérieuses, mais codées, de cet objet fluctuant –

elle passerait là des heures entières, le soir dans le logement qu'il lui prêtait pour la durée de ce sacerdoce – une pièce immense et peu chaleureuse, éclairée au plafond par un néon à l'éclat froid – à reprendre ce qu'il lui avait enseigné dans la journée, à s'abandonner, confiante, au chuchotement intérieur du pendule, oscillant au gré de… de quoi ?

du vent ?

de soi ?

des variations infimes de sa main ou des battements de son cœur

Car son cœur battait
sans mot sans dévoilement possible

en traçant les dessins généralement géométriques et surtout circulaires – en volutes, en spirales – parfois aussi angulaires ou heurtés, que sa main sous l'oscillation du pendule lui dictait

verts, ou rouges, ou bleus... chaque couleur avait son rite

Elle obéissait à ce rite, à cette parole inaudible mais puissante, plus profonde que celle d'une mère : « Ne parle pas de ça à ton père ! N'en parle jamais ! »

que celle – souhaitée ou redoutée – d'un père

Pendant des heures voire des soirées entières elle s'adonnerait à cette occupation/religion : ce serait sa façon déguisée d'être avec lui

d'être à lui

Il n'y a pas d'amour, dit-on, il n'y a que des preuves d'amour

Elle prouvait ainsi son attachement

il fallait bien qu'elle s'accroche à quelqu'un – à une branche quelque part – dans le désert croissant de sa vie

qu'elle se donne
se livre tout entière à ne faire plus que ça
à ne vivre plus que par et pour ça

Marcelle un peu perdue
oscillant
au gré
du vent

En attendant, tant que le ver était dans le fruit c'est-à-dire Marcelle à l'intérieur de sa maison, Élodie Boudot veillait : elle en avait connu d'autres – femmes – avec cette espèce de mari qui ne la fréquentait pratiquement, et sauvagement, que la nuit

Élodie Boudot remarquait les yeux brillants, les joues roses, la démarche pleine de respect et d'oscillation de Marcelle, et sa façon de lui parler, à Guillaume le mentaliste

et lui, se rengorgeant : « Marcelle vous êtes formidable »

Même ce vouvoiement censé révéler leur distance, c'est-à-dire leur lien purement professionnel, sonnait à ses yeux comme un aveu

un « tu » en majesté

Alors Élodie était sombre parfois
elle ne parvenait plus à donner le change
et celle qui le voyait le moins
aveuglée – quand même –
c'était Marcelle

La cuisine de dimension modeste et peu éclairée devenait, dans ce vieil appartement de la sous-préfecture du Doubs, le havre qui abritait Élodie et Marcelle

Dehors c'était Pontarlier et sa grand-rue commerçante, et son chemin qui grimpait jusqu'à la chapelle de l'Espérance d'où l'on avait vue sur toute la vallée de l'Arlier, jusqu'à ce square en hauteur où les dimanches après-midi elles allaient s'asseoir – jour de congé pour Marcelle –

comme deux amies – si ! –

ou deux sœurs – mais quelle parenté autre que celle d'aimer le même homme ? et parfois le silence étreignait leurs paroles

Elle est restée un an là-bas : quatre saisons comme chez Vivaldi puis hop, du balai ! il n'a plus eu besoin d'elle

Il avait changé, il se lassait vite, au départ c'était juste un job qu'il avait proposé à cette fille vaguement apparentée – même si, dans le fond, ç'avait été plus, beaucoup plus, car il n'oublierait jamais une telle dévotion, une telle passion inavouée, plus forte encore d'être tue

Mais lui, le mentaliste hypnotiseur magnétiseur, avait bien deviné tout ça – deviner, c'était son art : faire sauter les verrous, parvenir d'un regard, tel un dard, jusqu'au cœur des êtres

Il resterait toujours cette compréhension profonde entre eux

Marcelle est repartie dans sa maison natale avec son bagage mais surtout : avec son pendule, ses feuilles et ses feutres, son univers secret

Et cet univers-là, en fait, ça n'est jamais du goût des autres

Tout univers secret, comme toute histoire d'amour ravalée, ça ne colle pas avec la vie en société – même s'il faut bien convenir que sa principale société désormais, ce serait Marie-Louise

Alors elles ont vécu côte à côte, et c'est ainsi qu'allait perdurer ce drôle de couple que sont une mère et sa fille, adultes toutes deux, l'une basculant lentement mais sûrement vers la vieillesse, l'autre n'ayant pas d'âge, plus d'âge
– n'ayant que très peu, et brièvement, eu un âge

Toujours bras dessus bras dessous – il est à remarquer que leur écriture était devenue elle aussi au fil des jours semblable, elles écrivaient de la même façon qu'elles avançaient dans les rues, désormais unies par l'enchantement du voyage en Italie, de la pension chez Philomena, et de la messe du Padre pendant laquelle, extasiées, elles s'étaient mues en statues de sel

une écriture jumelle, légèrement inclinée vers la droite, où les majuscules jouissaient d'un merveilleux droit de cité, où étaient respectés les pleins et les déliés, au stylo-plume et à l'encre bleue universelle – marine clair – et lorsqu'on relit aujourd'hui le texte de leurs cartes postales ou de leurs lettres on est obligé de chercher la signature pour savoir laquelle a écrit, car elles écrivent comme elles vivent

bras dessus bras dess…

MAIS

qui cherchait-elle à retrouver, dans le silence de la vieille maison ponctué par les pas précautionneux de Marie-Louise ?

Marie-Louise amaigrie, petite ombre toujours bien coiffée grâce à la permanente comme son nom l'indique

– assistée de Madame Laque Elnett qui avait alors bonne presse –

cheveux bouclés ou parfois frisottés

totalement argentés désormais

Marie-Louise d'une discrétion telle que certains ont pu en être énervés parfois, car elle faisait partie de ces personnes dont la discrétion est si forte qu'elle en deviendrait presque bruyante – lorsqu'elle déplace le plus doucement possible un objet, le repose plus doucement encore, guettant du coin de l'œil sa fille occupée à manier le pendule – désolée, du fond du cœur, de la voir revenue si sombre, si mutique, de Pontarlier, et en même temps soulagée de n'être plus seule (le malheur des uns fait le bonheur des autres)

Marie-Louise qui circule autour de sa fille et se mordrait les lèvres plutôt que de poser une question – sachant bien qu'il ne faut pas interrompre ce que, pour compenser son absence d'histoire personnelle, son enfant chérie imprime aux vibrations de l'objet mystique – Marie-Louise un peu effrayée, car autant la religion catholique est sa sécurité, sa protection (comme pour beaucoup), autant ce qui touche au spiritisme ne lui plaît guère : dimension supplémentaire à ajouter à l'énigme que représente pour elle son aînée – même si ce pendule n'est finalement, se rassure-t-elle, rien d'autre qu'un grigri

Elle veille à ne pas froisser son unique compagne de vie, sa partenaire, sa brise-solitude, à ne pas heurter sa susceptibilité, à ne pas se confronter à son « caractère difficile » – oh là là elle a déjà eu à faire face aux ires brusques de son mari, aux éclats de voix, aux coups de poing sur la table et l'assiette se brise – alors elle est prudente

Certains disent que Prudence est synonyme de Petite Mort

Mais qui est-elle, sa fille ?

Qui sont ceux ou celles avec lesquel-le-s nous vivons ?

Marcelle est celle qui nous échappe

dont on pourrait craindre qu'un livre entier ne tiendra pas debout avec elle, ou grâce à elle

mais qu'à un moment donné il va s'effondrer

se taire tout simplement

parce qu'il n'y aura plus rien à dire

et surtout plus rien à faire pour elle

Pourtant, si ! Entreprise de sauvegarde : que serait l'écriture si ce n'est au moins ça ?

Oui, on pourrait si vite écrire sur d'autres qu'elle, courir vers des personnages plus souriants, plus alléchants, et plus actuels croirait-on – elle est un personnage si fuyant que plus on l'approche plus on a l'impression qu'il va tomber en poussière, puisqu'à peine ces pages écrites ou lues elle peut à nouveau replonger à toute allure dans l'oubli sans fond d'où l'on tente de l'extraire

alors que je voudrais qu'on la retrouve dans sa chair, je voudrais que ces mots, noir sur blanc, qui peignent son histoire, soient plus charnus, charnels, vivants, que tout ce qu'une feuille de papier peut supporter, je voudrais qu'ils la crèvent, la feuille, avec autant de force qu'elle, Marcelle, en a usé à vivre

Pour l'instant elle était là, tranquille, insondée, ayant érigé autour d'elle un barrage temporaire que sa mère n'aurait jamais eu l'heur ni l'audace de franchir, et elle pouvait continuer de chercher, elle pouvait, tenant l'objet magique de sa main directrice – la droite – entre le pouce et l'index, à mi-chemin de sa chaînette

poignet souple

sans que le coude s'appuie

et surtout après avoir fait le VIDE dans sa tête

s'offrir sous le sceau du secret un rendez-vous virtuel – voire spirituel ? – avec le beau Pierre

et prononcer ces paroles libératrices, incontournables et presque incantatoires – non pas à voix haute, plutôt chuchotée :

— Pendule, est-ce que je peux te poser une question ?

Puis, la réponse ayant été « oui » :

— Est-ce que je peux te poser une question sur moi ?

Puis encore, mise en confiance – le pendule étant devenu son interlocuteur préféré :

— Est-ce qu'il pense à moi ?

ou (variante) :

— Est-ce qu'il ne m'a pas oubliée ?

mais la petite boule argentée se balançant au bout de sa chaînette, au pouvoir un peu limité quand même, ne pouvait réagir qu'en indiquant « oui » ou « non » – à moins que lors de l'établissement de la convention, étape préliminaire, Marcelle ne lui ait créé une possibilité de répondre :

— Si !

(au cas où, hélas, Pierre Andersen l'eût oubliée)

Elle pouvait chercher ce qu'était devenu, vingt ans plus tard, celui qui avait fait battre, une fois dans sa vie, son cœur

Mais parfois, dans les énigmatiques dessins que le pendule divinatoire suggérait à sa main d'imprimer sur les planches de radiesthésie, se substituaient, aux traits fins – encore affinés par le souvenir – de Pierre Andersen resté à jamais jeune, les traits marqués, plus épais, récents, d'un visage aux yeux pénétrants : celui de Guillaume Boudot, usurpant la place de l'autre

surgissant et surnageant comme à la surface d'une eau qu'elle croyait désormais calme, affaiblie par le temps qui passe – mais l'eau de sa mémoire devenait tumultueuse tel un torrent et le petit pendule jubilait, oscillant frénétiquement tandis que sa main, à l'annulaire jamais bagué, trahissait l'émoi de son cœur :

Oui !

Non !

Oui !

Non !

Tic ! Tac ! scandait le balancier de la grande horloge bourguignonne qui occupait, en haute dignitaire, tout un pan de mur entre la cheminée au foyer condamné et le guéridon sur lequel trônait, royal, le téléphone noir qui sonnait bien peu

Oui ! Non ! faisait le pendule

Tic ! Tac ! faisait le temps qui s'égrenait

– et Marcelle continuait son étrange jeu

– et personne entendez-vous bien personne ne lui posait de question

elle était si intouchable, Marcelle

si susceptible

Seules parfois ses nièces qui croyaient qu'elle dessinait, et qui au début trouvaient ça marrant, que leur tante s'amuse avec un bout de métal suspendu à une ficelle (mais elles avaient bien capté qu'il ne fallait pas l'interrompre) la trouvaient, secrètement, un peu inquiétante – comme lorsqu'elle affirmait que *le Christ au Sacré-Cœur*, sur un tableau accroché au mur de sa chambre, un Christ doté d'un cœur rouge rayonnant de mille feux sur sa chasuble blanche, au visage encadré de longs cheveux châtains tombant sur ses épaules, et qui vous fixait de ses beaux yeux verts d'un air doux mais triste, triste à en pleurer ! pleurait parfois VRAIMENT, tandis que des larmes, de VRAIES larmes, s'écoulaient de ses yeux – et la nièce cadette se rappelle être restée longtemps, en cachette, toute petite, les yeux levés vers cet inquiétant tableau vivant, à tenter de voir si une vraie larme, en eau, allait rouler sur la joue peinte du Christ : en vain

En tout cas, elle se montrait moins proche et moins rassurante que la mamie Marie-Louise toujours partante pour un jeu, un VRAI jeu à partager, pas mystérieuse, elle, pas dangereuse pour deux sous : car y a-t-il un danger autre que celui de passer sa vie, d'y user ses yeux et même son temps, à attendre une réponse ?

Oui
Non
Oui
Non

et voilà comment Marcelle ne savait pas se faire aimer, car en fait, pensaient ses nièces perplexes, tante Marcelle n'était pas du tout amusante

Mais ce sont elles, les petites-filles, qui sauvent Marie-Louise du mutisme de sa fille – si seulement elles pouvaient ne pas grandir trop vite, espère Marie-Louise qui s'entend bien avec les tout-petits, les innocents, les joyeux, ceux qui demandent seulement qu'on les occupe et les chérisse – ce sont elles qui l'accaparent, lui offrent leur lumière leur joie leur babil, à vous faire oublier pour quelques minutes – heures ? – le poids de deux guerres meurtrières

Alors elle les gâte, les promène, les régale, elle se jette dans son rôle de mamie avec fougue et le désir de tout donner car que pourrait-il lui arriver de mieux, à l'âge qu'elle a ? Marie-Louise n'a que 60 ans et quelques, mais elle est d'une génération où l'on croit qu'à cet « âge avancé » on n'a plus qu'à saisir ce qui nous est donné et à s'en contenter

et c'est merveilleux, pour elle, de saisir

elle est conciliante
elle veut TOUT FAIRE BIEN

elle est une grand-mère de rêve, une mamie-gâteau

Mais est-ce qu'elle FAIT BIEN avec sa fille ?

À lui faire comprendre – malgré elle – qu'elle est soulagée de ne plus être seule, que ça l'aide, cette présence même taiseuse, que ça y est, un rythme bon an mal an s'est instauré dans leur quotidien, une routine ma foi assez sympathique, bien rassurante (N'aie plus peur de l'orage, Marie-Louise ! N'aie plus peur du tonnerre ! On ne te retrouvera plus à quatre pattes sous la table !)

À poser une main douce sur son épaule – on la devine à peine, à l'instar d'une caresse, et il y a le parfum qui s'immisce en même temps, celui du savon Palmolive le vert tendre, ou bien celui de l'eau de Cologne Roger Gallet à la lavande : « Ça va ma p'tite Marcelle ? », il y a le visage qui se penche – Marie-Louise est en bonne santé mais sa seule faiblesse c'est sa vue qui baisse, alors elle se penche un peu plus, comme si elle voulait voir ce qui se passe mais que peut-elle voir et surtout que pourrait-elle comprendre à ces arabesques sans queue ni tête ?

Le problème, c'est que Marcelle ne demande pas qu'une main maternelle vienne se poser, même sans peser, sur son épaule

elle n'a pas besoin de spectatrice, oh non surtout pas

Combien de temps cela aurait-il pu durer ?

On ne sait pas quand s'est interrompu le jeu du pendule, ni pourquoi, un jour, Marcelle n'a plus quêté de réponse

Marcelle n'a plus

CRU

en lui

Elle a stoppé ce questionnement à la fois intuitif et analytique, peut-être lorsque le souvenir de Guillaume Boudot s'est terni brusquement, et qu'elle a compris, lucide tout à coup, dégrisée – le dégrisement serait, chez elle, une phase cyclique – que ça ne lui apporterait rien, qu'il n'y aurait pas de réponse, jamais

Alors ça a été
– ça a menacé d'être –
dans sa vie :
le vrai VIDE
– ou au contraire (hypothèse de remplacement pour ne pas désespérer) la révélation que quelqu'un pensait à elle : un guide spirituel tel que Guillaume Boudot

ou, plus lointain, plus évanescent :
un ANGE GARDIEN

un INVISIBLE qui veillait sur elle ?

Elle serait sauvée !

Car voici qu'un nouvel épisode de sa vie se dessine – sans pendule, sans même qu'elle soit forcée d'essayer d'oublier : le nouveau prêtre de la paroisse cherche quelqu'un pour l'aider, à la cure

C'est bénévole bien sûr, « oh pas de problème ! » dit Marcelle qui veut toujours aider – et puis dans l'Église on est bénévole ça coule de source, ça fait partie de la charité – en plus c'est un travail pile dans ses cordes, un boulot de recensement, de secrétariat, de gestion et même de comptabilité or elle n'est pas mauvaise dans les chiffres même si elle déteste ça – elle s'est entraînée au magasin – alors pourquoi pas ?

Le nouveau prêtre est bel homme, attention il n'est pas confit en eau bénite, loin de là, c'est un homme de haute stature, « bien corporé » dira-t-elle

qui parle fort

qui vous regarde droit dans les yeux

une « personnalité » commence-t-on à jaser

un « sacré caractère » émettent d'autres un peu frileux – des brebis égarées qui préféreraient un berger confit ?

Un prêtre qui n'aime pas forcément se prosterner

qui sait que prier et/ou croire ce n'est pas juste avoir peur ou courber le dos ou tendre l'autre joue

au contraire c'est agir aider aimer – on en connaît certains comme ça, c'était peut-être lui qu'elle attendait, Marcelle, un qui la sauve d'une petite vie

un qui tempête
un qui fulmine
un qui est de mauvais poil parfois – souvent

Il s'appelle Marc Camoletti
il est d'origine italienne il en a le sang chaud

des yeux de braise
un rire tonitruant

ça secoue les vieilles pierres de l'église romane

ça secoue les vieilles arches rondes les vitraux colorés et les bancs humblement nantis de leurs prie-Dieu

ça secoue les couloirs étroits et vieillots de la vieille cure avec ses vieux meubles qui fleurent l'encaustique et la cire des cierges

Y en a certains et surtout certaines qui de toute façon ne vont pas beaucoup l'apprécier, le nouveau curé – on ne peut pas plaire à tout le monde – mais il est débonnaire, il s'en fout que certaines de ses ouailles sous des dehors polis et bourgeois lui battent froid

Par contre Marcelle avec son regard clair et honnête il l'aime bien, il a tout de suite deviné qu'elle est d'une certaine trempe, qu'elle est ardente, qu'elle saura défendre les causes religieuses

Ça lui va, ça lui va très bien, cette collaboration qui s'esquisse, ensemble ils vont abattre du bon boulot, ce sera plus qu'une assistante secrétaire-à-tout-faire ce sera une partenaire

Elle est d'accord elle dit oui tout de suite

les hommes coup de sang/coup de poing elle connaît, ça ne lui fait pas peur – son père ne lui a jamais fait peur, alors que Louis gardera toujours, au fond de lui, le regret de ne pas s'être senti plus proche de son paternel, dont il redoutait les colères

Marie-Louise obtempère, ça va être parfait tout ça, sa fille va s'en aller le matin, revenir à midi, repartir l'après-midi – pendant qu'elle-même fait la sieste – et le soir elle sera de retour, avec les courses de la journée et le pain frais dans le sac et plein de choses à raconter, enfin un peu d'extérieur : « Oh c'est parfait ma petite fille ! » si ça lui sied à elle, et puisque ça convient à tout le monde, cet arrangement

Et à la cure, en plus ! cet appendice de la paroisse on n'y risque rien, ça se niche à deux pas de la maison, derrière la place où trône l'église, dans une ruelle ceinte de hauts murs couverts de lierre où jaillissent des roses rouges en saison… oh oui ça lui va tellement bien à Marie-Louise

« Merci mon Dieu »

Marcelle est heureuse, vraiment ça tombe à pic, de toute façon il fallait trouver une solution : s'occuper la tête et les mains tout en veillant sur sa mère

Parfois moins on a reçu, plus on veut donner, c'est comme si on voulait compenser ce qu'on n'a pas eu par l'inverse : distribuer ce qu'on n'a pas – comme les moines ou les religieuses

Savoir qu'en soi le don est infini

et gratuit

Abnégation : le mot est écrit, de la plume même de Marie-Louise, dans une lettre testamentaire où elle révèle qu'elle a bien compris l'*abnégation* de sa fille, elle l'assume, Marie-Louise, en toute franchise et toute lucidité, elle est honnête, elle a fait ce qu'elle a pu

Et sachez bien que ce n'est pas la – ou les – trahir que de l'écrire ici à mon tour, ce mot ABNÉGATION que je sais être, pour Marie-Louise si croyante, positif – même si je le trouve terrible

c'est au contraire rendre justice non seulement à Marcelle, mais aussi à Marie-Louise

Abnégation = sacrifice volontaire de soi-même, de son intérêt

Est-ce que Marcelle s'est sacrifiée ?

Marcelle s'est sacrifiée, oui

Marie-Louise l'en remercie chaque jour, elle lui en est reconnaissante, et dans reconnaissance il y a « redevable de » : elle lui doit beaucoup

beaucoup de personnes doivent beaucoup à Marcelle

Marcelle qui cherche sans cesse à aider

Marcelle qui veut SE SENTIR UTILE : ça donne du sens à sa vie

par exemple elle a connu, au sein de la paroisse, une jeune fille très pieuse atteinte de la sclérose en plaques, elle s'est prise d'amitié pour elle, elle est allée lui rendre visite, lui offrir son affection profonde, ses services actifs, sa diligence et quand la jeune fille a dû entrer à l'hôpital, alors en dehors de ses heures de travail elle lui rendait aussi visite là-bas, jusqu'au bout jusqu'au dernier moment elle a compati

jeune fille à la vie foutue, interrompue

jeune fille au corps brisé, bloqué dans sa chaise roulante

parce que sinon la jeune sclérosée, on ne se bouscule pas pour venir s'asseoir à son chevet, car qui ça intéresse de passer du temps près d'une condamnée ou d'une mourante ? En plus à l'hôpital, beurk…

C'est ainsi que beaucoup de gens souffrent et meurent

en silence

et surtout en absence – des autres

Il faut bien qu'il y ait quelqu'un pour aider ces gens-là, il faut bien qu'il y en ait qui s'inclinent vers eux, se dévouent corps et âme pour les seconder – voilà, elle est une Seconde, Marcelle, jamais la première mais jamais loin non plus

Mais faudrait-il passer sa vie
à l'hôpital
à la cure
et à la maison – auprès de sa mère qui vieillit ?

Qu'est-ce qui pourrait sauver Marcelle ?

Elle pourrait être une sainte et ce n'est pas un vain – ou exagéré – mot : à l'égal des saintes, Marcelle veut s'oublier

Oublier elle-même et tout ce qui la concerne personnellement – c'est une grandeur comme une autre, sauf que cette grandeur ne se voit pas puisque justement on veut s'oublier : cqfd

Elle oublie son corps aussi, mais c'est à partir de ses 50 ans qu'il va commencer de se rebeller – ça vient petit à petit, elle ne s'en rend pas compte, plus tard il lui présentera la note : « Tiens, v'là pour toi ! » – son corps qu'elle revêt d'habits aux couleurs similaires

du bleu du bleu et encore du bleu

clair, marine, ou lavande, ou nattier elle s'en fout pourvu que ce soit du bleu éclairé de blanc : les couleurs de la Vierge – surtout du bleu clair, pastel, tel un ciel par beau temps –

parfois un peu de marron, c'est passe-partout, ou du gris pâle mais tirant vers le bleu

Jamais on n'a vu de rouge sur Marcelle
couleur de la passion
du sang
de l'ardeur pourtant

et le cou serré par des petits cols
jamais de décolletés
les boutons elle les boutonne tous – jusqu'en haut
les poignets des chemisiers, aussi

une ceinture de faux cuir marron sur des robes de viscose aux impressions géométriques le plus souvent : pas de fleurs pour Marcelle, ou alors légères, toujours dans les teintes mâtinées de bleu

– parfois du mauve aussi, à peine tirant vers le rose : couleur de la méditation

Ainsi sanglée, ainsi bardée, elle peut se présenter

au monde de tous les jours

les pieds serrés dans des souliers montants car elle souffre de douleurs en marchant, à force de ne s'être jamais fait soigner pour sa hanche blessée sa posture en a pâti : elle porte des semelles orthopédiques à la mode ancienne, mais les épaisses semelles ne suffisent pas à enrayer le décalage accentué par les années d'absence de soins, d'absence de regard, d'absence d'un peu d'empathie pour elle-même

– ses pieds qui, au fil des jours, se déforment : chaque matin elle peine à enfiler ses souliers, elle galère à les lacer

C'est ainsi qu'elle boite de plus en plus

Nous l'avons toujours connue avec ce déhanchement : au moindre pas, sa hanche se soulevait puis l'autre s'abaissait

un mouvement tel le roulis d'une barque sur l'eau, ou un tangage de tout son corps, le buste incliné, comme si elle devait accomplir un effort encore minime mais constant pour décoller du sol son pied gauche

et ça causait un craquement sur les lattes disjointes du plancher de bois – on était habitué : c'était le bruit de Marcelle, le bruit de la présence de Marcelle s'approchant ou s'éloignant, son corps la signalait par ce faible grincement

tel un gémissement

parfois un petit cri

Même ses vêtements avaient pris le pli

l'ourlet de sa jupe ou de sa robe un peu remonté d'un côté

le bas du pull-over imitant cet imperceptible décalage

et les chaussures s'accoutumeraient bientôt à cette différence entre le côté gauche et le côté droit – les chaussures c'est comme les chiens avec leur maître, ça se fond dans votre apparence, ça s'amollit et se déforme fidèlement, ça vous épouse quoi qu'il vous arrive, de bon ou de mauvais ou de simplement tiède – tiède, pourtant, n'est pas un mot qui sied à Marcelle

Seules les règles continuent, elles n'ont pas de règles, elles ! comme si elles voulaient lui signifier – seules à le faire :

« N'oublie pas ton corps de femme »

Rouges, les règles,

rouge clair, puis foncées au plus fort, puis claires à nouveau

elles coulent,

abondantes

régulières

secrètes

un vrai ruisseau de passion

son sexe régulièrement traversé
percé
par le flux intense

Rien d'autre dedans
jamais
que le sang
que la vie en puissance – comme si elle avait pu, jusqu'au bout, donner naissance, Marcelle

Elles coulent coulent et tout son ventre
ressent cette force, voire ce torrent,
on dirait des mains qui fourragent au-dedans
étirent son dos
ça lui procure un massage de l'intérieur
c'est une drôle de sensation
douloureuse et jouissive à la fois

Elles vont couler longtemps pour elle, jusqu'à ses 60 ans et plus, comme si quelque chose en elle ne voulait pas finir avant même qu'être né

Le corps parle quand le reste se tait

Mais le père Camoletti – ou le père Marc comme il préfère qu'on l'appelle parce que ça sonne plus proche : il veut secouer le protocole, ce côté rigide non pas de la religion catholique mais de l'Église catholique, il ne fait pas dans la dentelle, lui, comme Marcelle qui n'a jamais prisé les dentelles – ce qu'il voit c'est ses yeux clairs, surtout quand elle est en colère, et son sale caractère il aime ça, au pire franchement il s'en balance

ce qu'il aime aussi c'est ce qu'il devine là-dessous :
sa féminité
cachée
interdite
verrouillée
mais à fleur de peau : cette sensibilité

Elle chausse ses lunettes sur le bout du nez et elle pince les lèvres, quand elle s'attelle à la comptabilité elle a des rides sur le front et quand elle réfléchit très intensément elle mordille son stylo, on dirait qu'elle aspire ses joues de l'intérieur et ça lui confère un visage plus étroit encore, plus pointu

elle a pris l'habitude de ce visage travailleur

Ainsi voilà les deux forces en présence, les deux sales caractères : mademoiselle Jallard et le père Marc – les deux qui ne renoncent jamais

Elle va elle vient, elle tient bien serrée l'anse de son vieux cartable de cuir qu'elle nomme sa « serviette », qui contient ses papiers ses stylos son agenda minutieusement rempli de tous les rendez-vous octroyés aux bons paroissiens aux bonnes paroissiennes, sans omettre le cabas pliable pour les courses du soir, elle a l'épaule droite légèrement remontée par celle de son sac à main qu'elle presse contre son flanc, un sac à main de jeune fille à l'amour jamais consommé – de jeune fille éternelle –

rigide, doté d'un fermoir doré un peu usé qui fait un petit « clic » quand il s'ouvre puis un petit « clac » quand il se referme

Les hommes dont désormais elle va tomber amoureuse

toujours secrètement

ce seront des hommes qu'elle érigera en demi-dieux

impossibles à atteindre – à chaque fois la figure du Père

Mais cela reste non dit

jamais à la lumière du jour

il y a des gens qui aiment, comme ça, toujours secrètement

ça ne parvient jamais aux oreilles ni aux yeux curieux

voyeurs

de la société

Seul le corps sait

que jamais le sexe n'a connu l'amour

Elle se défonce au boulot pour une fois qu'on a vraiment besoin d'elle, qu'elle n'est pas juste l'assistante – admiratrice – d'un magicien, elle plonge dans le concret, dans la souffrance et la joie, les enterrements et les mariages, les morts et les baptêmes, et l'organisation des voyages à Lourdes ça transite administrativement par elle aussi, elle a de l'espoir, Marcelle, même en côtoyant dans sa besogne un bon pan de la misère du monde, elle se donne elle se donne et… qui sait ? pour une fois dans sa vie elle est peut-être une Grande Main – ou même un Bras Droit tout entier

Elle ne compte pas sa peine, ce n'est plus du bénévolat léger mais du lourd, ça lui bouffe ses journées du lundi au vendredi et toute sa tête aussi

alors Louis le petit frère, attentif bien qu'éloigné, va intervenir

parce que quand même, elle bosse comme une malade, sa grande sœur, et même pas de rémunération pour toutes les heures qu'elle s'enfile dans la cure en silence : ça va pas !

Il demande un rendez-vous au père Marc – sans en toucher un mot à sa sœur, surtout pas – il se rend dans la cure vieillotte un soir après les vêpres, il explique :

— Ma sœur n'a pas la Sécurité sociale, alors si au moins elle pouvait percevoir une rémunération, même minimale, de toute façon elle ne voudrait pas davantage, vous la connaissez, ça lui permettrait d'avoir cette sécurité.

Il est tout sourire, Louis, il s'excuse même – c'est un homme qui toujours s'excusera d'un peu tout – mais là, il est ferme, il veut défendre sa sœur : la Sécurité sociale c'est, comme son nom l'indique, tout d'abord une SÉCURITÉ

— Bien sûr, répond immédiatement le père Marc, de toute façon j'y pensais, elle se dévoue tellement, ce serait justice.

— De plus, imaginez, ajoute Louis, qu'il lui arrive la moindre chose, le moindre petit accident, sur le trajet ou le lieu de son travail, vous seriez dans l'ennui...

— Bien sûr bien sûr...

— Mais alors, surtout ! ce que je vous demande, c'est de ne JAMAIS lui dire que je suis venu vous voir, que je vous ai parlé de ça, elle serait furieuse, vous connaissez son caractère, elle ne voudrait pas...

— Oh oui, je la connais ! répond le père Marc, vous avez ma parole, conclut-il en serrant vigoureusement la main du frère de Marcelle, vous avez ma parole que je ne lui en soufflerai pas un mot. Je m'occupe de ça tout de suite...

C'est ainsi que Marcelle, dès le mois suivant, reçoit son premier bulletin de salaire :

— Ah bon ? s'étonne-t-elle lorsque son employeur divin lui fait part de ce changement

— C'est d'une part une question de justice, affirme-t-il avec vigueur, par rapport à tout le boulot que vous abattez ici. Et d'autre part, continue-t-il comme elle esquisse un signe de dénégation, c'est une question de sécurité. Imaginez qu'il vous arrive quoi que ce soit, on serait dans l'ennui !

Oui, ça s'est fait comme ça : elle n'a jamais su – au ciel elle l'ignore encore – que son frère était intervenu, Louis n'en a pas fait étalage c'était pas le genre, seuls quelques proches de la famille en ont eu vent, et Marie-Louise qui était au courant de cette démarche fraternelle s'est réjouie pour sa fille :

— Je trouve que c'est normal ! a-t-elle réagi lorsque Marcelle le lui a annoncé – d'un air légèrement fataliste : on est bien obligé d'en convenir et de l'écrire

Même si, au plus profond d'elle-même, Marie-Louise la très pieuse aurait pu penser elle aussi que lorsqu'on travaille pour Jésus, pour le Christ en croix qui a livré sa vie pour nous, on peut le faire gratuitement

mais bon : c'était une sécurité pour sa fille

pour elle mentalement aussi, donc

Tout continue dans les normes : Marcelle Jallard bénéficiera de quelques sous à la retraite, oh une misère, mais c'est toujours ça, hein ?

Quand elle rentre à la maison Marie-Louise l'attend, debout dans l'entrée elle frotte ses mains, à la fois heureuse et anxieuse – elle a gardé ce tic de la période de la guerre : un geste de prière ? – elle demande : « Comment ça s'est passé ? » alors qu'on ne peut pas raconter sa journée en deux mots dès l'arrivée, il faut souffler un peu surtout qu'on vient de se taper l'escalier et quand on boîte c'est pas évident, elle le sait mais c'est plus fort qu'elle, elle a le regard un peu perdu derrière ses épais verres de lunettes – la cataracte s'épaissit, à droite puis à gauche – et on ne sait pas à quel moment exactement s'est produite dans leur relation mère-fille cette inversion définitive : à quel moment la fille est devenue la mère

Difficile de savoir, ça s'est produit sans bruit et sans révolte de la part de l'une et de l'autre, comme un scénario écrit d'avance et d'ailleurs, si on emploie le mot scénario c'est bien que tout semble se dérouler comme dans un film ou être une simple répétition de ce qui advient, souvent, au sein des familles

C'est peut-être lorsque Marie-Louise, sans qu'il y ait d'évolution brutale, ne s'est plus trouvée en possession de tous ses moyens – physiques, surtout au niveau de la vue, car ses moyens mentaux elle les a conservés jusqu'au bout – mais cela a pu s'amorcer auparavant déjà : quand on voit sa mère vieillir à ses côtés n'aurait-on pas tendance à la prendre un peu en charge au quotidien ?

et si cette inversion a débuté auparavant, alors c'est plus problématique

(l'inversion ne s'exerçait pas à tous les niveaux quand même, car Marie-Louise gardait la main sur les « choses » de la maison :

les objets par exemple, dont elle ne supportait pas qu'on – on = Marcelle – en modifie la place, chacun devant conserver intact son périmètre autour duquel s'accumulait la poussière

de même toutes les tâches ménagères y compris les plus ingrates c'était elle seule, Marcelle, qui d'office en assumait la charge – transportant le lourd seau rempli d'eau de vaisselle, à travers l'étroit couloir, jusqu'aux toilettes où elle devait encore le soulever pour le vider dans la cuve – à l'époque où elles auraient pu prendre quelqu'un pour les aider : mais ce n'était pas Marcelle qui tenait les cordons de la bourse)

Seul, heureusement, le rire n'est pas absent de la maison, car elle est de cette sorte, Marie-Louise, qui aime bien rigoler

le rire ça soulève tout ça

ça allège tout

ça envoie valser tout ce qu'on a amassé de pesant dans sa journée

ça détend et un vent de gaîté parcourt la pièce

les bonnes blagues les histoires drôles ah ça fait vite le tour de la famille

Marie-Louise en avait tellement récolté dans sa besace que pour ne pas les oublier elle les notait dans un carnet étiqueté :

Histoires drôles

ou peut-être – je ne sais plus :

Bonnes blagues

au cas où un jour on voudrait rire et on ne se souviendrait plus de telle histoire qui fait RIRE, alors on feuilletterait le carnet et on trouverait de quoi RIRE, ce serait tout prêt – comme un plat surgelé, y a plus qu'à réchauffer – rires prévus, qui ne dépassaient jamais les limites, plaisanteries récurrentes dont on se repaissait, tout un microcosme bien rodé et dans tout ça où étaient la fantaisie, l'explosion, la vie ?

(mais ici on ne raille pas, ce n'est pas fait pour ça, on sait bien qu'on est tous à se construire les barreaux de sa cage, à ne pas réaliser qu'on s'enferme en soi, ça peut épouser plusieurs formes mais au fond ça revient au même

Il faudrait savoir jeter

crier

s'envoler

comme la mouette : crier et voler !)

Marcelle riait aussi, le rire c'était sa sauvegarde et ce qui tentait de faire craquer, si prudes, les boutons de son chemisier

ce qui gonflait son ventre sous la ceinture serrée

ce qui humectait ses yeux clairs derrière les verres de ses lunettes, alors elle reculait un peu sa chaise, lors des repas de famille, pour les essuyer furtivement avec le coin de sa serviette de table

et tout, pour une fois en elle, se relâchait

dans la bonne humeur générale

– bonne humeur aidée et soutenue par la face rubiconde du pichet/moine en céramique qui trônait sur la table à tous les repas : son nez rouge en trompette et ses joues cramoisies attestaient qu'il contenait, sous son ventre bien rond qu'il palpait de ses mains épatées, à peine souligné d'une cordelière lâche sur sa robe de bure, autre chose que du Château-la-Pompe, hein !

Ainsi régnait dans la maison, malgré tout, un air de joie – la joie, aussi, de ceux qui croient que quelque chose se passe après la mort, c'est-à-dire la joie au sens catholique : car il n'y a pas que de la tristesse dans cette religion, malgré les apparences confites et les messes généralement tristes et mornes

Il y avait donc cette étrange – pour les néophytes – joie catholique qui provenait de cet étrange – itou – espoir

l'espoir que Quelqu'un veille sur vous, sur vos gestes, vos sentiments, vos actes

cet Œil paternel

– sur nous, brebis égarées

Dans cette période de la vie de Marcelle, la petite ville de D. reprend à ses yeux de la valeur

Parfois c'est comme un vieil habit, sa ville d'enfance, on l'enfile on s'y sent bien, on s'y retrouve ainsi qu'à l'intérieur de soi

Parce qu'elle travaillait ici, à D., et parce qu'elle y « gagnait sa vie » même chichement – mais pour une femme de sa génération c'était déjà un début de victoire – la ville est devenue une amie

elle n'était pas seulement restée la ville de l'enfance

de la guerre

de l'amour tué

c'était sa ville à elle, sa ville d'adulte – 8 000 âmes encore à l'époque mais aujourd'hui, ce genre de bourgade qui se désertifie, dont les rues autrefois animées et commerçantes se faufilent, drôles d'allées silencieuses, entre les murs des maisons aux volets fermés et des commerces « à vendre » : la faïencerie s'est réduite à un modeste musée de la Céramique que l'on peut visiter à certaines heures pour se distraire un peu, et heureusement que la navigation fluviale, l'été, anime encore les berges où se groupent les touristes d'un jour, car l'attraction gagnante c'est l'écluse, quand le bateau descend en amont et remonte en aval pour se mettre à niveau, tandis que s'ouvrent puis se referment en grinçant, sous les yeux des enfants ébahis, les hautes portes de fer chuintantes –

sa ville qu'elle connaissait à horaires réguliers, rythmée par le son des cloches de l'église tous les quarts d'heure – figurez-vous qu'au sommet du clocher des cigognes avaient bâti leur nid et que depuis la fenêtre de sa chambre en se tordant le cou elle pouvait les apercevoir : comme les oisillons tentaient de s'envoler – et elle, Marcelle, s'envolait aussi !

Elle s'envolait à son travail matin et après-midi, on pouvait la croiser – aucun regard amoureux ne l'escortait plus mais, espérait-elle, l'œil bienveillant de Dieu

L'été après la pause de midi elle repartait – vous l'avez croisée peut-être, habitants d'autrefois – à 13 h 50 précises dans les rues écrasées de chaleur, l'air affairé et la démarche pressée : ah non pas de sieste pour elle, ça n'était pas sa tasse de thé, elle avait le menton un peu rentré dans l'effort de sa concentration, elle fixait le sol et surtout ses pensées – et sa hanche malade se hissait avec peine

plus forte que cette fragilité de son corps elle se battait

pour avancer quand même

AVANCER

le plus vite possible – on avait besoin d'elle, Dieu merci –

l'autre pied (déjà un peu tourné) suivait, entraîné, happé par le soulèvement de la jambe –, et elle remontait vaillante la rue Nationale, elle arrivait à la place de l'Église mais s'enfilait tout de suite sur la gauche dans la ruelle aux murs de pierre recouverts de chèvrefeuille ou parés de roses selon la saison et c'était là, par une porte presque dissimulée – l'entrée des artistes ? pas vraiment – qu'elle pénétrait sur le lieu de son travail

Son travail, c'était enfin elle SEULE : sa part à elle, même réduite, même aussi modeste que ce poste, indéfini et sujet à moult variations, de secrétaire

ce poste elle l'OCCUPAIT

Mais il y avait – toujours – la Loire

l'élément fluide, mouvant, dansant

l'eau comme un échappatoire, juste derrière la rue Nationale qui, au début du XXe siècle, avait été inondée par la Grande Crue – c'est gravé sur la pierre à l'entrée du Pont-Canal – et dans laquelle on avait été contraint de circuler en barque

Il suffisait de tourner au bas de cette rue, sur la gauche, pour arriver sur la place de la Grève – quand le trottoir aux vieux pavés irréguliers devenait sable et gravillons sous les pieds, quand la Loire se manifestait, avant même qu'on l'honore d'un regard, par cette perméabilité et souplesse soudaine du sol comme si tout pouvait fondre sous votre poids, comme si tout ce à quoi on s'accrochait ordinairement pouvait si vite foutre le camp, toutes vos certitudes, toutes vos barrières intérieures

car l'eau c'est ce qui roule
ce qui passe
ce qui n'a pas de rênes
ce qui grossit et s'échappe
ce qui vous ravit, vous kidnappe, vous libère aussi

Alors était-ce pour ça qu'elle n'y flânait pas souvent ? Qu'elle préférait les petites rues blotties autour du clocher ?

Ding ! Dong ! sonnaient les cloches du gros bourdon
– et la vie de Marcelle y était enserrée

Je ne sais même pas si nous avons le droit, nous, plume narratrice, de peindre ainsi une vie qui ne nous appartient pas – peut-être parce qu'on voudrait lui offrir, à Marcelle, le posthume Permis de vivre encore ?

Son Permis de conduire, en tout cas, elle ne s'en est pas servi longtemps, on peut dire qu'elle a conduit brièvement – quoiqu'un peu nerveusement – pour aller visiter des malades, porter des colis… mais un jour en voulant se garer elle a accéléré au lieu de freiner – elle pensait à quoi, hein ? – et boum ! elle est rentrée dans le mur, rien de grave si ce n'est tout l'avant de la voiture embouti et la caisse, hors d'usage

C'est à partir de ce moment – pourquoi exactement ? que s'est-il passé en elle ? – qu'elle aurait – conditionnel journalistique car nous n'avons que peu d'échos – déclaré avec emportement :

— C'est fini ! Jamais plus je ne conduirai !

phrase et surtout décision – tenue – aussitôt mises sur le compte de son « sale caractère » et plus encore : qui ont confirmé, au regard des autres, la conviction que cette « jeune fille prolongée » était quelqu'un d'entier, de passionné – compliment qui n'en a que l'apparence, chez les mentalités frileuses

Elle a donc vécu, de notoire, cet accident de voiture, puis d'autres menus accidents ou juste incidents, qui nous donnent l'illusion qu'il se passe quelque chose dans notre vie même quand il ne se passe, à vrai dire, presque rien – mais c'est ce « presque » qui nous tient – sinon le train-train qui n'est pas un mot si anodin

Dont, lors de ces mêmes années – années confuses car « circulez y a rien à voir » – un accident de santé, cette fois :

ses seins

si lourds si beaux – une de ses beautés cachées –

voici qu'ils sont touchés par le cancer – l'un, du moins, mais si l'un est atteint c'est tout l'équilibre qui trinque une fois de plus : la hanche puis le sein = ça penche d'un côté (bon, du même, d'accord)

On lui a ôté le sein gauche

ça s'est passé entre ses 50 et 60 ans

personne n'en a fait tout un plat ni un fromage de chèvre

ça s'est opéré discrètement

un sein en moins, mais qui l'eût vu Lustucru ?

y a des prothèses toutes faites mais on ne va même pas en poser une à Marcelle, de toute façon tout est CACHÉ

tout dans son corps est CACHÉ

alors un sein de moins sous les corsages bien boutonnés et les cardigans bien épais on n'y voit que du feu

Mais elle, à l'intérieur ?

Ça prouve juste qu'elle est atteinte d'un mal souterrain qui cherche à la ronger,

et les petits cols bien fermés,

et les boutons bien boutonnés,

ça continue, rien n'a changé,

y a jamais eu de décoll'té

Est-ce que sa vie va s'enfoncer ? Est-ce qu'il ne se produira pas un événement un peu joyeux, un peu exaltant ? Est-ce qu'il est possible de mener longtemps cette vie minuscule de Sainte ou de Sœur ? Sans qu'il y ait une miette de pain à picorer, un grain à moudre rien que pour elle ?

Oui peut-être, car elle était peut-être heureuse, Marcelle, en tout cas elle ne disait pas le contraire, de toute façon elle exprimait peu ses émois, elle allait et venait, faisait les courses, la cuisine, elles menaient toutes deux une vie bien rangée mais le grain à moudre c'était, éventuellement :

ce trouble qu'elle ressentait en frôlant le père Marc dans les étroits couloirs de la cure – il respirait assez fort, tout son corps parcouru comme d'un vent de tempête, ce genre de personnes qui semblent nourrir en elles une sorte de voile gonflée en permanence, ou d'eau prête à bouillir, à déborder

D'ailleurs il tempêtait

il fulminait quand les affaires n'allaient pas assez vite

il était soupe au lait et toute la cure retentissait de ses éclats de voix

Un jour, à force d'organiser pour les autres les voyages à Lourdes, elle aussi Marcelle s'est vu attribuer une place pour un pèlerinage là-bas, dans la ville de roche brune et de pluie, la ville aux mille grelots et grincements de roues de chaises roulantes

la ville qui chaque quart d'heure fait tinter dans son clocher le son mélancolique et un peu faux d'un fragment de l'*Ave Maria*

la ville à la rue montante envahie de commerces dont les présentoirs s'aventurent hardiment jusqu'au bord des trottoirs pour vous proposer, en vrac, des médailles de toutes tailles, des saintes vierges phosphorescentes en plastique, des cartes postales représentant ou plutôt figurant la petite Bernadette en prière et en adoration devant l'apparition de l'Immaculée Conception

Là-bas dans la ville de roche brune et de pluie elle a accompagné, non seulement les malades de la paroisse ou tout simplement les ouailles fidèles, mais elle y a porté, elle aussi, elle-même :

c'est-à-dire sa vie – un jour démolie par tout ce qui se trame autour d'une guerre, démolie par le père de celui qu'elle aimait – elle l'a portée là-bas

et surtout, son corps : tout habillé, plongé dans l'eau froide miraculeuse, dont elle nous apprend qu'il en est ressorti même pas mouillé

En l'écoutant on ne sait pas, bouche bée, si c'est vrai mais

VRAI pour elle, et pour ceux qui croient, ça l'est

C'est son côté mystérieux, se dit-on, et inquiétant comme lorsqu'elle frayait avec le pendule divinatoire : elle nous échappe, pourtant elle n'est pas folle ! y compris lorsqu'elle nous raconte le Christ, sur le tableau, qui pleure de vraies larmes, ou la piscine miraculeuse dont on ressort tout sec – oui c'est ça le plus étrange : car si elle n'est pas folle mais qu'elle raconte cela, alors qui est-elle ?

Ce corps à la fois jamais – sans doute – offert aux plaisirs de la chair, mais en proie aux souffrances – la hanche, le sein, et maintenant la peau, avec un bizarre grain de beauté apparu au coin de l'œil : un grain malin qu'il va falloir ôter très vite

en creusant

creusant dans la chair

Puis miraculé

– croit-elle –

à Lourdes :

n'est-il pas comme le corps d'une Sainte ?

Mais il y a aussi le PETIT QUOTIDIEN qui la tient – à son retour dans la ville de D. – qui l'empêche de s'envoler trop loin dans sa tête ou de revêtir des atours de Sainte, il y a par exemple le modeste miracle chaque soir renouvelé de l'émission *Des chiffres et des lettres*, qui vient rythmer leurs fins d'après-midi et leur vie

c'est le GRAND plaisir de Marie-Louise

c'est sa récompense de la longue, trop longue journée

elle l'attend elle se plante devant la télévision à l'heure dite donc un peu en avance, assise sur son fauteuil toujours le même rehaussé de deux ou trois coussins pour l'accueillir, toute frêle comme elle est devenue, un petit corps poids plume ou de porcelaine, fragile et fin, menu menu – quand on la prend par l'épaule pour l'embrasser on sent sous nos doigts ses os friables comme des os d'oiseaux, on a presque peur de la briser

et elles cherchent ensemble, c'est un rendez-vous, c'est plus qu'un jeu et surtout plus qu'une simple émission télévisée c'est comme si c'était

VRAI

comme si elles étaient attendues

entendues

participantes invisibles

elles cherchent les solutions en même temps que les candidats, elles sont des fausses candidates fortes et douées – surtout Marie-Louise pour les chiffres : Marcelle, en fait, n'est qu'une accompagnatrice, elle n'a jamais aimé les jeux ni de société ni de rien, alors que Marie-Louise ça lui rappelle le magasin, de toute façon c'est son moment de bonheur avant la nuit qui approche avec son cortège branlant de souvenirs pêle-mêle toujours les mêmes

Ça y est le monde récupère un peu de saveur

c'est fou comme une émission de télévision peut vous changer la vie

Dans cet univers docile et bien huilé, bien sûr que le jour où le père Marc, le sombre Heathcliff de la paroisse, dans son complet noir à peine éclairé du col rigide blanc, et, en ce jour d'hiver, coiffé d'un chapeau noir et enveloppé d'une large cape noire aussi, dont les pans virevoltent sur ses pas toniques, se pointe à la porte du bureau de Marcelle pour lui annoncer, les yeux brillants, qu'il va s'en aller, qu'il a trouvé une paroisse plus proche de son pays d'origine, qu'il va retourner à ses « ouailles de naissance »

alors pour Marcelle c'est comme une bombe intérieure

surtout quand il ajoute que, pas de problème, elle peut rester ici, le nouveau prêtre arrivant est tout à fait d'accord, d'ailleurs lui-même lui a vanté Marcelle et toutes ses qualités :

— Ah non ! réagit-elle, assise à son bureau, les lunettes sur le bout du nez, la main tenant encore le stylo. Si vous partez, du reste je l'ai toujours dit, moi je ne continue pas.

— Vous ne continuez pas ? répète-t-il, usant de son regard intense comme s'il cherchait à fouiller dans le tréfonds de votre âme

— Non, non moi je vous connais à peu près, du moins je sais comment vous fonctionnez, même si, je ne vous le cache pas, ça a été dur parfois, mais au moins j'étais...

— Vous étiez au parfum!

Elle acquiesce, mais tout est chamboulé à l'intérieur d'elle, une révolte monte sourdement, en même temps qu'une immense sensation de chagrin, une impression aiguë d'abandon

Lui respire fort, appuyé au chambranle, comme si son corps était perpétuellement en recherche d'un peu d'oxygène – de quoi gonfler les voiles, quoi – et il a l'intuition – mais personne ne le saura jamais, en tout cas pas elle – que c'est un aveu de profonde affection envers lui, un aveu d'exclusivité

— J'ai bien donné, continue-t-elle fermement, je crois que c'est le moment de passer la main.

C'est dit, c'est fait, elle n'a pas le choix, il n'a pas proposé – aurait-elle pensé, aimé, ça? – de l'emmener avec lui

ça la blesse – infiniment – mais elle ne se l'avoue pas

« Du reste », comme elle dit souvent, aurait-elle pu s'en aller et laisser Marie-Louise seule ou pire, la « déménager », sa génitrice bientôt nonagénaire? Voilà, voilà où on en arrive, de toute façon c'était joué d'avance c'était plié, t'as plus qu'à t'incliner!

Elle l'annonce illico à sa mère, elle lui explique qu'elle ne veut pas tout recommencer avec un autre prêtre, tout reprendre avec une personnalité à connaître, à comprendre, à épargner, à ne pas froisser, à ne pas ceci à ne pas cela… et puis elle est fatiguée, elle dit qu'elle en a marre de tous ces papiers, qu'ils aillent ma foi trouver quelqu'un d'autre qu'elle, une bonne âme à laquelle passer la main : elle a désormais la Sécurité sociale pour un bon bout de temps, et avec les allocations qui vont suivre elle est à l'abri, financièrement parlant

— Oh ma fille, comme je te comprends ! renchérit Marie-Louise qui de toute façon n'a jamais eu tendance à contredire qui que ce soit, qui est toujours prête à araser les arêtes de la vie

C'est étrange comme c'est à partir de là qu'elle commence à se dépouiller, Marcelle, elle donne à sa nièce chérie – l'aînée – qui va bientôt se marier

par fragments
des pièces
de son trousseau

vierge
lui aussi

le service de table complet avec sa « ménagère », couverts bien alignés sur le satin mordoré, tels des soldats au garde-à-vous attendant leur guerre périmée – sauf pour les grands couteaux de cuisine : satin bleu nuit –

et la nièce bientôt épouse n'ose pas refuser de tels présents, c'est classe mais désuet – est-ce qu'elle aura le loisir de « faire l'argenterie » ? –

surtout elle regarde, songeuse, elle palpe, opine, admire, mais s'interroge un peu sur ces choses destinées à une cause qui n'a pas existé – il y a eu « erreur sur la personne » ou « changement de propriétaire », on dirait qu'il s'agit d'une maison à vendre ou plutôt d'un fonds de commerce, d'une passation, non pas de pouvoir mais, tout simplement, de vie

Les fourchettes les assiettes n'ont JAMAIS servi
jamais de nourriture chaude et odorante
jamais de canette des bords de Loire ni de poulet de Bresse bagué
jamais de vin de velours rouge, jamais de bon cru bourguignon dans ces verres ballon – le grand, le petit – ni, dans les flûtes en cristal, de champagne – qui n'a jamais coulé à flots jamais arrosé aucune fête aucune joie
Tout cela était – aurait pu être – destiné à
Madame Pierre Andersen
à sa vie de femme mariée, heureuse ou en tout cas tentée
à ses enfants jamais conçus donc jamais nés
demeurés dans l'antichambre qu'on appelle les limbes

Elle donne
un peu plus tard
les nappes aussi
avec leurs serviettes de table assorties
elle ne raconte pas
il y a ce SILENCE

énorme

elle n'exprime aucun regret, elle ne dit même pas « ça n'a jamais servi » car c'est évident, elle conseille juste pour la vaisselle : « Ma foi il faudra peut-être que tu rinces tout ça à l'eau claire car ça a pris la poussière »

– depuis le temps, ajoute-t-elle –

et la nièce, en passe d'être heureuse, remercie

un peu gênée secrètement d'être destinée à faire vivre ce qui n'a jamais vécu, d'être une jeune fille qui en reflète une autre – une ombre de jeune fille, imprudemment promise à une vie maritale, un espoir peut-être avorté – car si seulement Marcelle semblait avoir eu SA vie ?

Même quand sa nièce est en âge de comprendre elle ne pense pas que sa tante Marcelle ait eu SA vie, elle la voit tout entière au service des autres, des indigents des vieux et des malades, et aussi de sa mère, elle la voit vivant dans l'ombre de sa mère – ce que Marie-Louise n'a jamais consciemment souhaité, je tiens à le souligner une fois de plus, mais ça s'est construit ainsi au fil du temps : la vie a tissé des liens, conféré des images, des visages, et surtout des habitudes, aux situations et aux circonstances

C'est sans doute pour ça que son corps peu à peu lui échappe, à Marcelle, ou plutôt se manifeste dans la souffrance – absence de plaisir jamais offert à ce corps, hormis la nourriture

Son corps lui dit :

« Tu ne m'as jamais fait jouir, jamais fait exister sous les caresses, alors voilà, moi j'existe quand même »

il veut se faire sentir, son corps,
il va la faire souffrir un peu, puis de plus en plus
il se révèle
rebelle
« On n'est pas un pur esprit, il lui dit,
on n'est pas juste une bonne âme
ni, non plus, une mécanique à toute épreuve
j'ai, je ressens, des manques
des creux
des doutes
des peurs
tu ne m'as jamais beaucoup écouté, compris, suivi,
tu as cru que j'étais à ton service,
maintenant c'est à moi de parler »

Il parle, il gémit – les lattes du plancher gémissent –
il crie parfois
silencieusement car elle se tait, elle continue de se taire, elle n'avoue pas qu'elle a mal
elle se tient, Marcelle

(mais parfois sous le chemisier bien boutonné se rappelle à elle avec vigueur, dans un élancement soudain, son sein fantôme)

Elles ont leur vie rythmée par les allées et venues des nièces et voilà que vont naître d'autres petits – arrière-petits-enfants/neveux/nièces –

alors l'histoire de Marcelle
cette histoire ardente et minuscule
recule
elle aussi
dans le temps
– sur la courbe irrévocable du temps

Le curé Camoletti est parti, juste avant son départ il l'a prise par les épaules – comme on prend un homme, c'est son côté cavalier, un peu scout – et les lui a serrées à les broyer, la regardant droit dans les yeux il lui a dit :

— Merci pour tout, Marcelle.

— De rien, a-t-elle immédiatement réagi, je n'ai fait que mon travail ma foi, a-t-elle rebondi, et du mieux que j'ai pu.

et cet épisode de quelques secondes s'est conclu dans le sourire, convenu, de ceux qui ne veulent jamais risquer d'aller plus loin dans l'intimité, qui ont peur d'un mot, d'un regard ou d'un geste qui les rendrait vulnérables

C'est ainsi que va, ou plutôt s'en va, la vie

Que dire des années suivantes? Sinon que revient – si jamais il était parti – le TRAIN-TRAIN, un train double et sans trêve, sans voie ferrée ni aucune autre voie si ce n'est celle du quotidien

et surtout sans destination

Marie-Louise ne savait pas si sa fille était heureuse, en fait elle ne se posait pas la question – tout au fond d'elle-même à peine consciente tremblait la peur qu'un jour elle s'en aille ailleurs, sa compagne de vie, mais de toute façon d'année en année ça devenait moins probable

C'était un couple de fortune, forgé par les détails de l'habitude, un couple ami car mieux vaut être ami qu'ennemi lorsqu'on vit à deux :

« Qu'est-ce qu'on va se faire pour notre dîner? »

« Oh ma p'tite! ce ch'ti temps va nous apporter de l'orage! »

« Ma foi on a passé une bonne nuit! » « Oh ma foi oui! »

Elles se répondaient et s'acquiesçaient, parfois l'une répétait les paroles de l'autre, avec des « nous » et des

« notre » et des « on » près desquels il est bon, les soirs de vague à l'âme, de se réchauffer – deux : chiffre minimum pour ce baume intime – elles se racontaient leurs journées et s'étonnaient mutuellement : « Ah ça c'est pas ordinaire ! » ou encore commentaient, un peu critiques, l'attitude de telle personne : « Oh lui c'est un original ! » – formules favorites, lexique familial et familier...

Non, Marie-Louise ne savait pas si sa fille était heureuse mais parfois on devient égoïste avec l'âge, on se protège on se préserve des chocs, d'ailleurs elle n'avait jamais prié explicitement sa fille de demeurer auprès d'elle, ça s'était fait et on n'allait pas défaire ce qui leur convenait si bien à toutes deux, finalement – on les accolait quand on parlait d'elles, on disait « Marie-Louise et Marcelle » – même si parfois entre elles des agacements de détails mais récurrents, inévitables, se faisaient jour

MAIS

mais la nuit ? Cela reste la grande inconnue : ne pas savoir ce qui se jouait, la nuit, à l'intérieur de Marcelle seule dans son lit, vêtue de sa chemise de nuit pastel, ne pas savoir ce que ses rêves lui murmuraient ? – les rêves, dans une vie murée, sont notre seule oasis et ils ne sont pas à négliger, ils nous occupent au moins le quart de notre séjour terrestre

Alors à quoi rêvait Marcelle ?

Si seulement on avait pu pénétrer dans ses rêves, peut-être qu'on aurait découvert l'autre vie qu'elle menait secrètement ?

C'est sa part de mystère que personne n'élucidera, c'est ce qui se déroulait en silence et en obscurité, non loin de nous, dans la vieille maison autrefois pétrie de rires, d'éclats de voix, d'allées et venues mais aujourd'hui – cette nuit dont on choisit de parler – juste rythmée, au loin dans la salle à manger, par le va-et-vient du balancier de l'horloge puis, plus près, à l'extrémité du couloir, par les ronflements réguliers et confiants de Marie-Louise qui n'avait rien à se reprocher

Nous, Marcelle, on te rejoint dans le monde de tes rêves

on entrouvre ta porte, sans bruit – ta chambre est juste en face de celle de ta mère –

on s'approche sur la pointe des pieds pour parvenir jusqu'à ton chevet et on espère surprendre un mot échappé, un soupir, qui nous éclaire sur ta vie secrète – un prénom, peut-être ? – puisque dans la réalité rien n'a, jamais, filtré

ou si peu

Jusqu'à ce que Marie-Louise, une autre nuit, très âgée s'éteigne comme une lampe, dont l'ampoule trop vieille – le cœur trop vieux – pète – lâche – d'un coup

Sans même qu'elle ait peur, douce Marie-Louise qui toute sa vie avait cherché à se rassurer, à se concilier tout le monde, à apaiser les conflits, à tenter d'empêcher que la guerre pénètre à l'intérieur des murs de sa maison – mais à l'invasion du jeune teuton joufflu elle n'avait pu qu'obtempérer

Elle est morte dans son sommeil, sa fille allongée à côté d'elle – on pressentait les derniers moments, alors Marcelle ne la quittait plus ni le jour ni la nuit

Elle a juste murmuré vers 3 heures du matin :

« Oh ce vent ! Ce vent ! » comme lorsqu'elle accomplissait son aller-retour quotidien sur le pont-aqueduc, tenant d'une main sur sa tête son précieux chapeau, que ce satané vent voulait lui arracher

puis, quelques secondes plus tard, d'une voix ferme : « Allons-y, mes enfants ! »

et à l'aube, réveillée par un silence inhabituel – pas de ronflements ? – Marcelle n'avait plus, à côté d'elle,

personne

Quelle belle mort ! ont-ils tous pensé, mourir chez soi dans son lit la nuit sans même se réveiller, à presque 100 ans, aux côtés de sa fille ! Avoir juste le cœur qui s'arrête tel le mécanisme d'une horloge – elle qui, enfant, dormait au-dessus du magasin d'horlogerie de son père, avec toutes les pendules remontées qui sonnaient tous les quarts d'heure : vivre ainsi paisiblement sa dernière heure !

C'est plus tard seulement qu'ont été retrouvés deux cahiers que Marie-Louise était allée acheter, un jour, à la papeterie au bas de chez elle, lorsque, prévoyant la perte progressive de sa vue atteinte par un glaucome – et âgée quand même de plus de 90 ans – elle avait décidé de consigner ses souvenirs avant qu'ils ne se dérobent et surtout qu'elle ne puisse plus les noter deux cahiers à spirale, à la couverture cartonnée d'un beau vert d'eau, entièrement remplis de son écriture, régulière même si, à plusieurs reprises, elle s'excuse de ne pas se relire : *Tant pis pour les fautes et les répétitions* – mais ils viennent après un cahier bleu, raturé et surchargé, qui a servi de brouillon : la coquine ! – et dans lesquels elle s'octroie le bonheur de vivre une deuxième fois, grâce à l'écriture, ce qu'elle nomme *un retour en arrière*, contant ses meilleurs souvenirs de petite enfance et aussi de vie adulte, mais n'ayant garde d'omettre quelques mots sur Marcelle qu'elle demande aux proches de ne jamais *oublier*

de ne pas *abandonner*

Marcelle qui a donné sa vie pour son père d'abord, écrit-elle, puis pour elle-même ensuite – un ange de dévouement *y compris dans sa vie de jeune fille* (et l'on devine à quoi elle fait allusion)

Alors n'abandonnons pas Marcelle, Marcelle qui se retrouve seule à plus de 75 ans – de vie consacrée aux autres –

car personne n'a jamais rien su de ses pensées au moment où sa mère meurt

juste qu'elle n'avait pas peur, elle, d'être seule – cette peur ne l'a jamais vraiment habitée – et puis, seule intérieurement elle l'avait toujours été, c'est pas ça qui allait la bousculer

sauf que là, elle se retrouvait en première ligne

plus d'échappatoire à soi

Même si son frère Louis, plusieurs fois papy, a tenté d'être présent au maximum, même s'il a fait tout ce qu'il a pu pour aider sa sœur demeurée jusqu'au bout auprès de leur mère, on n'a jamais su comment elle vivait cette solitude nouvelle, sinon avec sa FOI

L'essentiel était que le corps continue d'assurer son service minimum, mais c'était là où le bât blessait – le bât de toute une vie courbée sous le joug du devoir – car il renâclait désormais

C'est dans ces années menacées par, tout simplement, l'usure des membres et non de la pensée, qu'elle a sans doute commencé à raconter – mais « raconter » est un verbe trop lourd, trop ambitieux pour les bribes tombées de ses lèvres, échouées comme sur une plage un coquillage – ou plutôt à distiller à sa nièce aînée, sa filleule, l'épisode de Pierre Andersen

et l'aînée l'a confié à la cadette

Ou bien – on ne se souvient plus – était-ce Marie-Louise qui avait brièvement évoqué le sujet ? Peut-être sollicitée par des nièces en âge de comprendre, désireuses de savoir pourquoi elle était seule, Marcelle, et pourquoi il y avait ce trousseau : tous ces objets concrets, en vue d'un mariage et surtout d'une vie à 2

mais pas d'une vie à 1 avec sa mère

Donc les nièces n'ont presque rien su d'autre sinon que, quand même, à un moment donné son cœur avait battu, à Marcelle, pour un homme, bref qu'il y avait eu un peu d'animation amoureuse dans cette vie qu'elles trouvaient si morose

Mais comment vivre en sacrifiant sa vie aux autres ? se sont-elles demandé

Ne jamais accomplir quelque chose pour soi ?

N'exister que dans l'ombre ?

Il est impossible d'accepter qu'on puisse être autant seul, je parle des gens qui se retrouvent seuls sans l'avoir voulu ni choisi, pas de ceux qui le désirent et s'en trouvent satisfaits voire heureux, mais de ceux pour qui la solitude semble s'imposer – comme une telle évidence, vite admise par tous, qu'alors on ne peut que s'en contenter

Marcelle reste dans sa maison désormais silencieuse parce que désertée – si ce n'est le gémissement plus soutenu, presque ami, des lattes du plancher lorsqu'elle se déplace juste pour le nécessaire : les petits pas de la petite vie chez soi

Sa jambe ne va pas mieux, avec le temps les défauts du corps s'accentuent, c'est là où elle va avoir besoin des Autres : le médecin le voisin la voisine la famille si possible

Elle ne va plus pouvoir S'OUBLIER car la douleur se RAPPELLE à elle – comme on le dit si bien

— Tu te rappelles, Marcelle, que je suis là ?

— Qui ?

— La douleur

Si encore ce n'était que la douleur : avec un peu de force intérieure et Marcelle n'en manque pas, on en fait son affaire, pardi ! mais la douleur est un signe avertisseur de la progressive INCAPACITÉ PHYSIQUE à pouvoir SE DÉPLACER

Et si encore ce n'était que se déplacer, alors on s'y risque au minimum, on grignote les restes dans le réfrigérateur puis on ouvre ses dernières boîtes de conserve, on chipote des biscottes quand on n'a plus l'énergie d'aller acheter du pain, mais surtout on s'épargne on devient rusé, on s'aide avec sa béquille, on connaît l'accoudoir ou le coin de table sur lequel on peut s'appuyer pour se lever, on rapproche les objets du quotidien, on se bâtit une maison concentrique dont on a rétréci la circonférence comme si on dessinait des cercles de plus en plus étroits autour de soi – de son corps qui renâcle – et comme si on pouvait vivre juste en se tournant un peu pour attraper

la paire de lunettes

le magazine avec le crayon à papier pour les mots crois… mais oups ! le crayon est tombé, m… alors ! faut le ramasser

Mais la canne est là, du bout de ta canne tu peux le rapprocher de tes pieds et hop ! tu le fais doucement remonter en le roulant le long de ton mollet pour le pr…

m… alors ! il est retombé

Hé mais il y a un autre crayon dans le tiroir du bahut à ta droite ! et ça, se tourner sur le côté, c'est bien plus aisé que se pencher vers la terre qui est de plus en plus basse ah ah comme disent les vieux… et ouf ! voilà le crayon dans ma main, celui-là j'te l'dis je l'tiens bien !

Tout est fait comme ça, de petites histoires absolument débiles à raconter et ça n'intéresse personne d'écouter comment j'ai réussi à ramasser mon crayon ou me suis débrouillée car il y en avait un autre – comme quoi Dieu existe – dans le tiroir d'à côté

Donc si encore ce n'était que ça mais voilà, ce n'est pas seulement se déplacer : c'est moins ambitieux, c'est juste

SE DÉBROUILLER

et Marcelle, bientôt, n'y parvient plus

quand SE DÉBROUILLER ça signifie, en fait, arriver encore à VIVRE SEULE (aller aux toilettes toute seule, se faire à manger toute seule, se coucher toute seule, s'habiller toute seule, etc.)

Que va-t-il se passer ? je vous le donne en mille, mais oui bingo ! vous avez trouvé : elle va aller en maison de retraite ! Vous ne vous y attendiez pas, à celle-là ? Si ? Un petit peu quand même ? Eh bien c'est fait !

Bref, on pourrait penser que l'histoire s'arrête là – ça s'arrête forcément à la porte d'une maison de retraite, une vie, non ?

Plus rien d'intéressant à glaner

D'excitant : on n'en parle pas

Alors ça veut dire qu'on va laisser Marcelle toute seule là-bas cloîtrée dans sa chambrette ?

Ça veut dire qu'on va la laisser

encore plus seule ?

Eh bien NON

On ne va pas l'abandonner, derrière sa porte au numéro orné d'un minus bouquet de fleurs artificielles – ils font bien les choses dans les Ehpad, faut dire aussi que ça rapporte pas mal, la location pour les seniors, en ces temps de vieillissement de la population

On ne va pas la laisser là, on va aller lui rendre visite, il y a forcément autre chose à voir que ce qu'on croit à première vue, même si c'est pas très marrant une maison de retraite – surtout quand on sait qu'un jour ou l'autre ça nous guette –

c'est pourquoi je vous passe TOUS les détails
tous absolument tous
sinon vous allez refermer illico ce livre
ce biopic de quelqu'un de pas célèbre du tout
 d'anti-célèbre
que je veux célébrer
 ici

Il faut cependant préciser, pour aller vite – maintenant il est évident que tout va aller vite, au contraire du rythme des journées dans une maison de retraite où tout va si len-te-ment que les jours ressemblent à des semaines entières, voire des années, même si en avançant l'heure de la soupe à 18 heures pour coucher les vieux à 20 heures, le personnel essaie d'en raccourcir au maximum l'interminable durée, mais on ne va pas s'amuser à décrire ces journées qui de toute façon sont rigoureusement identiques –

que Marcelle s'est retrouvée là

– Marcelle = notre héroïne

– notre personnage : qui fut, tout d'abord, une personne

alors qu'elle n'avait jamais

jamais

jamais

souhaité (en) arriver là

même pas en rêve – personne ne l'a souhaité d'ailleurs, en plus ça coûte la peau des fesses aux principaux intéressés qui y passent toutes leurs économies et si ça suffit pas il faut demander une rallonge aux descendants, qui n'ont pas le choix et tout ça pour octroyer à des aïeux une fin de vie pas très marrante : c'est un euphémisme, ok –

de toute façon on ne comprend vraiment ce qui nous arrive que lorsqu'on est arrivé – tombé – dedans

même moi je ne veux pas savoir ce que ça fait que d'être là-bas

je veux mourir avant que de finir dans ces draps blancs ou bleu ciel ou pastel ou pire encore, vert dentiste

avant que de respirer chaque jour cette odeur

imparable

indéfinissable – un mélange du parfum alpestre ou marin des produits d'entretien sur le linoléum et de l'odeur des corps en fin de parcours… –

j'avais dit que je ne dirais pas un mot de ça
alors STOP

La vie
palpite
écoutez-la palpiter

dans le cœur de Marcelle, encore,
quand on lui rend visite, elle palpite !

Elle est désormais clouée sur son fauteuil roulant, car la kiné de l'établissement – qui aurait pourtant bien voulu – n'a pas bénéficié d'assez de temps dans ses horaires surchargés pour essayer de la maintenir en état de marche, cette patiente au corps archi-douloureux qui s'appuyait tant qu'elle pouvait sur sa canne, il aurait fallu des séances et des séances d'exercices, alors on l'a parquée sans préliminaires dans le fauteuil, et ses jambes – l'une plus courte que l'autre, ces mêmes jambes dont nous avons suivi le parcours chaotique – ne fonctionnent plus du tout

mais elle vous sourit

et on bavarde avec elle comme si tout était bien
fait

et on la regarde : pourquoi ses joues sont-elles demeurées si lisses ? Pourquoi ont-elles gardé cette transparence rosée du teint des très jeunes filles ?

Comment a-t-elle pu à ce point ne pas avoir de rides ? se demandent certains et surtout certaines

Comment la peau de ses joues peut-elle être traversée, à plus de 90 ans d'existence, par tant de fraîcheur ?

C'est un mystère

ou alors c'est normal, quelque chose en elle n'a pas vécu, quelque chose en elle attend encore :

de l'amour

des bras d'homme – pas macho, sinon ça ne cadrerait pas avec elle et tant mieux –

ou ceux d'un tout petit enfant, potelés, confiants : un corps chaud à serrer contre soi, à cajoler, comme lors de ces lointains et merveilleux jours à Bourgoin-Jallieu

Maintenant c'est dit

Maintenant offrez-lui ou plutôt offrons-lui cela, quelque part dans une autre vie pas forcément catholique, pas forcément religieuse non plus : une vie AUTRE

Voilà ce qu'on espère

assise

sur le gros fauteuil de skaï usé qui nous colle aux fesses, ou encore sur le bord du lit – qui s'enfonce tant il est élastique comme tout semble MOU, ici

Offrons-lui autre chose

des sucreries elle apprécie ce sont les petits plaisirs et on sait bien que les petits plaisirs peuvent un tout petit petit peu compenser ce qui n'est pas

Grand Plaisir
ou PLAISIR tout simplement

Même jusqu'au bout, impotente et coincée, dans son fauteuil envahi de coussins, entre la fenêtre et la table-bureau placée devant le mur devenu son horizon depuis le réveil jusqu'au coucher – mur blanc juste rompu par l'écran rectangulaire et noir d'un poste de télévision dont elle est trop proche, ce qui l'oblige à trop lever la tête mais bon, y avait pas assez de place dans la chambre pour lui offrir plus de recul, surtout à cause de ce lit très haut et médicalisé, pourvu d'un matelas anti-esquarres qui se gonfle périodiquement comme si un être invisible mais charnu y reposait : un monstre ronfleur ?

même là où elle pourrait être, si l'on peut dire, réduite à une impuissance totale, elle vous ouvre, non pas des horizons nouveaux, mais son oreille attentive – assagie telle qu'elle est devenue avec l'âge, comme si presque tout s'était arrondi intérieurement en elle, tandis que son corps, à l'inverse, prenait des angles

Vous pouvez tout lui confier, et c'est énorme, une Oreille

une Grande Oreille : la Grande Oreille de Petite Main

C'est là où affleurent toute la Grandeur cachée
toute l'indulgence
toute la force gagnée sur la Petitesse de la vie
tout ce qu'elle a arraché par sa flamme intacte, par sa générosité et son attention aux autres, à ce qui eût voulu la contraindre au silence

On se confie à elle

On voudrait la supplier d'être toujours là alors qu'on sait que c'est impossible

On voudrait que toujours au téléphone résonne sa voix quand on l'appelle, la PRÉSENTE, plus que jamais PRÉSENTE – car son immobilité forcée nous permet d'être certains de la trouver fidèle au poste, elle demeure notre point d'ancrage dans une vie qui nous trimballe par monts et par vaux

notre pilier

notre recours

il n'y a pas, se dit-on, de personne au monde qu'on soit plus certain de trouver à portée de téléphone, assise devant l'appareil, pourtant sans fil et sans attache, posé sur le bureau –

rivée

elle attend

elle attend

elle attend

Alors on évoque le passé avec elle parce que c'est encore la seule chose qui lui appartient, ici – le présent ne lui appartient plus, il a déjà un goût javellisé de non-vie – et on lui parle non pas du passé immédiat qui se barre, se barre très vite dans son esprit, mais du lointain passé, du vieux, très vieux passé, quand elle était très jeune et ça lui plaît beaucoup, ses joues rosissent, son œil devient vif

on cherche des réminiscences sur lesquelles s'appuyer pour étayer ce fait – controversé mais pas volontairement : juste OUBLIÉ – qu'elle ait eu une vie on ressort la fameuse photo – que son frère a mise d'office dans sa valise comme un ultime repère de son enfance peut-être, avec son minimum de bagages lorsqu'elle a fait son entrée dans ce mouroir – cette photo cartonnée, en noir et blanc, qui la représente de trois-quarts à l'âge de 3 ans : un visage pensif, éclairé d'un léger sourire, avec des ombres et des lumières comme c'était si beau sur les photos prises en studio

une photo de star

Elle n'en revient pas, elle demande : « C'est moi ? » parce qu'elle était jolie, rudement jolie, toutes les promesses affleuraient en elle dans ce visage à la fois souriant et songeur, ces joues rondes et ce gros nœud – de satin ? – campé fièrement sur les boucles blondes, d'un seul côté – image même de la fantaisie –

et cette épaule nue – on distingue un collier de perles, très fin, qui émerge sous les frisettes – juste réchauffée par un châle de tulle blanc, drapé autour d'elle – une presque photo de jeune fille alors qu'elle n'était encore qu'une toute petite enfant – « C'est vraiment moi ? » répète-t-elle, comme si elle ne pouvait croire qu'elle ait été, une fois dans sa vie, si gracieuse – et pourtant que l'on ne se méprenne pas : Marcelle à l'âge de 70 ou 80 ou 90 ans est la même, exactement la même, que celle de 3 ans sur la photo, on est toujours les mêmes avec quelques (dizaines d') années de plus, un vieillard c'est juste un enfant qui a vieilli, il n'y a ni hiérarchie ni différence sauf chronologique

On opine et on affirme : « Mais oui ! » comme si c'était évident que c'est elle alors que soi-même on est surpris, et pourquoi est-on surpris ? mais parce que tout simplement on ne pensait pas non plus, honnêtement, qu'elle avait été si jolie, et ça veut dire, soudain, qu'il y a une part d'elle qu'on ne connaît pas, ou ne cerne pas : cette petite fille pleine de promesses et de songes, à l'aube de – de quoi ?

Alors brièvement – parce qu'on n'a pas encore le temps de trop s'intéresser à elle : et on risque de ne jamais l'avoir si on n'y prend pas garde – on imagine qu'il a dû se passer de drôles de choses pour que cette petite fille disparaisse à ce point et avec elle
cet air mutin et tendre
cette joliesse
et ces joues rondes

Stop ! ce fut juste un instant
où on s'est intéressé à elle
de plus près

N'oublions pas cependant Damien – dernier éclat de jeunesse perçant son cœur

Damien : l'homme-à-tout-faire de l'Ehpad, qui lui a fixé son écran de télé sur le mur, qui lui a réparé son téléphone sans fil si précieux, et son fauteuil-peu-ou-mal-roulant, devenu sa maison, sa structure, sa colonne vertébrale ! il l'a bricolé comme il a pu, avec les faibles (ou plutôt faiblement octroyés par la direction, pourtant bien argentée hé hé) moyens du bord, pour le rehausser – elle se tassait de plus en plus, elle s'enfonçait et ça lui causait des douleurs dans le dos : c'est important d'écrire ça même si ce n'est pas très fun, c'est une réalité

« Ah Damien ! » soupirait-elle – puis avec une affection venue de loin : « Mon p'tit Damien, vous êtes mon Sauveur ! »

Nul doute que dans cette appellation elle le bénissait comme un Dieu

Alors il la chinait gentiment, il la complimentait sur sa bonne mine, et elle retrouvait le sursaut d'une coquetterie surgie du fond des âges – elle qui n'en avait pratiquement jamais eue – elle l'accueillait avec un sourire de reconnaissance à faire fondre les pierres, comme un dernier salut à ce qui nous aura permis de frémir, à ce qui aura enchanté notre cœur – il était présent à cet instant de sa vie, Damien, ç'aurait pu être quelqu'un d'autre mais c'était lui, alors elle lui donnait tout

Il lui en fallait peu

un sourire

un « bonjour ! » qu'elle captait par l'entrebâillement de la porte

et le tour était joué

et la journée Sauvée

Il y a parfois des merveilles comme ça quand on ne les attend plus : Damien avait 30 ans et il était Charmant

Et puis VOILÀ

le temps passe, même très lentement figurez-vous qu'il passe quand même

jamais une vie ne peut être rembobinée – sauf dans les flash-back des films et aussi, bien sûr, dans notre tête

Alors, quelque dix ans après que Marcelle avait intégré cet endroit aseptisé, hygiénique, médicalisé

voilà qu'elle va s'en aller

c'est pourquoi on vient la voir plus souvent – avant c'était deux ou trois fois dans l'année les uns ou les autres, elle est à des centaines de kilomètres de nous, en lointaine province – maintenant on accélère le rythme des visites

« La fin est proche » prédisent les infirmières et les aides-soignantes qui en ont vu d'autres

voilà qu'elle va s'en aller « de sa belle mort » comme on dit – sans pandémie c'est-à-dire : sans masque FFP2 ni gel hydroalcoolique, sans l'absence de visites de ses proches confinés ou cas-contacts, sans être confrontée au décès de ses voisins et voisines de table étouffés par le virus, sans les vaccins obligatoires AstraZeneca ou Moderna et toute la clique, qu'elle eût certainement au tout début tenté de refuser, méfiante : « Ah non alors, on ne sait même pas ce qu'il y a dedans ! » puis, curieusement assagie par l'effet délétère de l'Ehpad, vaincue : « Ma foi, à mon âge je ne risque plus rien, et puis si ça peut aider la collectivité » – heureuse, au fond, de pouvoir encore ÊTRE UTILE à la société, et elle eût donné sa part, avec un sourire pensif, à la sauvegarde de la communauté humaine, et elle eût tendu son bras ou offert son épaule

Elle va s'en aller à une période de l'année où peu de ses congénères, cloîtrés comme elle, s'effondrent – au contraire des mois de janvier et février où ils tombent tous comme des mouches – mais il semble qu'en décembre ils soient, à l'image des branches givrées des arbres, encore épargnés à la veille des grands froids, figés dans la chaleur étouffante des lieux, confits dans une sorte de formol au relent de produits ménagers… elle va s'en aller juste avant Noël, alors que c'est tellement décoré

On se retrouve à son chevet comme peut-être on aurait dû toujours être – à son chevet intérieur, je veux dire – pour qu'elle se sente moins seule

peut-être qu'on aurait pu l'interroger davantage sur sa vie, l'emmener quelque part, lui faire voir du pays lorsqu'il était encore temps mais non tout est fait tout est dit, ça y est maintenant c'est parti

« y a plus qu'à »

la regarder

lui parler

lui serrer la main, une main qu'elle a toujours eue fine, et souvent froide – mauvaise circulation : Petite Main de Marcelle –

et la rassurer, car elle s'inquiète et s'agite du fait de ne pas laisser assez d'argent à ses nièces – son unique descendance – c'est le leitmotiv émergeant de ses paroles confuses, un leitmotiv bien distinct : cette peur de ne pouvoir leur signer un chèque décent, dit-elle, comme si elle croyait que l'ARGENT était le plus important à laisser après soi

Pourtant oui ! car si l'argent est ce qui reste, concret, de sa puissance de travail tout au long de sa vie, de ses longues heures obscures de besogne à la cure de l'église par exemple, ou même auparavant, de ces dix années où, suite à la mort de son père, elle a tenu le magasin – mais pour toutes les années antérieures de « petite main » dans le même magasin, faut pas rêver : pas plus que Marie-Louise, qui n'était que la femme du chapelier, on ne les lui a rétribuées – alors il faudrait quand même, merde ! – et elle secoue la tête d'un air contrarié – pouvoir laisser un peu de sous

après tant de labeur invisible

Elle s'inquiète aussi de quelque chose de plus vaste : ne pas avoir accompli suffisamment son devoir sur la terre – justement, estime sa plus jeune nièce, notre devoir ne consisterait-il pas – si nous en avons un – à être, en tout premier, heureux ?

Alors cette plus jeune nièce qui n'a plus le temps ni la possibilité de lui redonner – malgré ce qu'elle en dit et surtout en écrit – d'un coup de baguette magique, une vie qui ait été plus gaie, plus épanouie, et qui se trouve dans l'incapacité évidente de pouvoir racheter, en quelques instants, des années entières de Petite Vie, la rassure, et lui rappelle tout ce qu'elle a fait, Marcelle

de bon

de bien

pour son frère, pour son père, pour sa mère, pour les autres, tout ce que personne n'oubliera jamais quand on pensera à elle et tout ce qu'elle laissera de fort dans les mémoires

Si elle la rassure, c'est qu'elles sont toutes deux conscientes que ce lit, ce gros lit ronflant spasmodiquement, c'est le lit de mort de Marcelle, que c'est bientôt fini, cette histoire – en gros, avec les meilleurs souvenirs qu'elle a, et les quelques bribes récoltées sur cette tante si pudique, si discrète, sa nièce lui assure que sa vie n'a pas été inutile puisque ça semble être l'obsession qui la taraude : avoir séjourné sur cette terre pour rien

Marcelle, en entendant ces paroles chuchotées à son chevet, s'éclaire soudain d'un sourire – on a vu tellement de sourires sur tellement de visages dans notre vie et on en verra encore, seulement ce sourire, éclos sur le visage émacié de Marcelle, est un trésor

il est d'une douceur incroyable

il épouse ce qui se passe dans le regard, aussi, qui remercie

tandis que les lèvres s'entrouvrent et qu'elle l'exprime :

« Je te remercie beaucoup, ma petite fille » –

uniques paroles sensées – plus que sensées : sensibles – prononcées depuis quelques jours d'un délire verbal qu'on ne racontera pas puisque c'est un délire

sauf que
dans ce délire
enfin elle dit
ce qu'elle n'a jamais pu dire

ça sort sans barrière,
ça se bouscule sur ses lèvres sèches

elle parle elle parle tant qu'elle parle même toute seule quand il n'y a plus personne à côté d'elle

elle ne parle pas pour les autres
pour une fois elle parle pour
Elle

Parfois, à intervalles réguliers, elle retrouve un langage prosaïque et un air sérieux comme lorsqu'elle s'escrimait sur les comptes à la cure, les sourcils froncés, elle semble très froide très raisonnée très logique, elle inaugure des phrases, inachevées, par une de ses locutions favorites : « Du reste je disais… » ou encore elle répète : « Ah ben ça c'est pas ordinaire ! » d'un air un peu fâché quand même

on a l'impression qu'on va à nouveau causer avec elle comme naguère, sauf qu'il n'y a rien de sensé ni de suivi dans ce qu'elle exprime

c'est juste le ton et le visage qui tentent d'imiter une logique de discours

puis elle est saisie d'un élan presque violent comme si elle allait se lever : « Bon maintenant, j'y vais ! » alors que depuis plusieurs semaines elle ne bouge plus de son lit, et elle demande à sa nièce de lui apporter sa canne comme si elle pouvait marcher, comme si elle avait oublié son corps invalide

Juste après, il y a soudain la peur

dans son regard qu'elle fixe à un endroit précis du plafond, toujours le même – ça se produit surtout les derniers temps, tel un rendez-vous muet – comme si elle voyait, à cet endroit précis du plafond qui est d'un blanc uni sans intérêt, des ombres, des visages, des regards, des fantômes peut-être ? des revenants qui viendraient, par ce plafond, lui prendre la main pour l'emmener avec eux ?

– et ça lui ferait peur, brusquement, de partir, elle qui pourtant toute sa vie a prié, toute sa vie a cru à la vie éternelle

Mais qu'y a-t-il de l'autre côté ? on ne sait pas – même la nièce cadette qui lui tient sa main froide l'ignore

Qui pourrait la (les) rassurer ?
Personne, jamais personne, n'est rassuré
Tout le monde sait bien qu'on n'est jamais rassuré là-dessus
Alors on peut imaginer
des visages souriants ou des visages vous jaugeant
à cet endroit précis du plafond

Marcelle sur son lit de mort s'inquiète, on ne sait pas de quoi mais il y a quelque chose qui ne passe pas, c'est comme si elle devenait in-tranquille : sa vraie nature – après toutes ces années passées à essayer que tout roule dans le bon sens, dans la droite ligne
que tout soit rangé et classé
y compris les sentiments
et les émotions : refoulées

Elle n'est pas la seule, vous et moi nous en connaissons plein comme ça
des dont on a l'impression de ne jamais parvenir à atteindre leur noyau tendre
occulté

Alors le « sacré caractère » je vous assure que là, à son chevet on ne le voit plus, le sacré caractère dont elle était affublée – par qui ? et pourquoi ? – on se demande presque si ce n'était pas du cliché, du toc, juste un jugement jeté, collé une fois pour toutes comme on s'amuse à coller des qualificatifs à ceux que l'on ne comprend pas : « sacré caractère » qui vous échoie et qu'on endosse pour ne pas perdre la face, pour continuer à se battre mais maintenant il n'y a plus besoin de se battre

il n'y a plus de « sacré caractère » de Marcelle, il l'a quittée, le sacré caractère, il est allé se rhabiller et se plaquer sur quelqu'un d'autre

Elle, c'est juste elle sans étiquette, et si elle avait, finalement, gagné au change ce serait désormais :

un caractère Sacré

Mais la nièce à son chevet ne voit pas ce que Marcelle voit

Elle ne distingue, malgré ses efforts, rien d'autre qu'un bête plafond blanc

Elle intercepte juste le regard apeuré – étrangement apeuré et qu'elle ne lui connaissait pas, modifié par l'approche de la mort – que Marcelle lève vers le plafond comme si c'était le CIEL

Elle ne voit que l'effet, la nièce, pas le phénomène

intense

souterrain

elle voit juste que quelqu'un ou quelque chose va emporter

Marcelle

– elle se trouve face à cette énigme : comment cette sensibilité, encore à l'œuvre dans ce corps qui lutte, va-t-elle pouvoir disparaître ? et comment ce corps va-t-il ne plus devenir qu'une enveloppe ?

Mais il y a quelque chose de plus grand
et ça ne se voit pas – c'est bien là la question –
quelque chose de Grand
enfin
une fois
pour Marcelle :

ce sont les personnes qui l'ont connue et aimée, ils sont tous là, ceux que la mort a déjà ravis,

ils se pressent pour s'incliner vers elle, et lui parler,

il y a son frère, Louis, récemment disparu, qui réapparaît à cet angle précis du plafond – il a toujours été très précis, Louis, le plus proche, le plus affectueux – même la nièce en levant les yeux comme aimantée par le regard de Marcelle a l'impression – est presque certaine – de le voir

de l'entre-apercevoir

son père chéri, le Petit Frère qui va accueillir sa Grande Sœur dans le ciel, les bras ouverts, avec son sourire tendre, malicieux : malicieux même mort

Ils sont là et parlent tous en même temps, en silence

Marcelle tente de les écouter, elle s'interrompt dans son monologue sans queue ni tête pour essayer de capter leurs paroles pressantes mais inaudibles

La nièce la rassure encore une fois mais cette fois, c'est pour la relier à ces revenants, ceux qu'elle imagine au plafond, en train de l'attendre et de lui tendre la main tels ces personnages, sur les vastes fresques murales des artistes italiens – ainsi de Francesco Maria Russo, à la chapelle Sansevero de Naples, avec sa colombe de l'Esprit Saint qui porte triomphale le triangle de la Trinité : *À la gloire du Paradis*

ils vivent à moitié sur terre à moitié dans les nuages, flottent dans leurs voiles et leurs robes transparentes, et vous font connaître, ou pressentir, un monde où la pesanteur n'existe plus

ils ont des visages extasiés, légèrement souriants,
ce sont des Anges

Quelque chose de Grand va l'emporter
ça nous dépasse tous, ce qu'elle est en train de vivre, là
ou plutôt de mourir, là
elle va rejoindre l'infini
l'éternité
elle le sait
toute sa vie elle l'a su, qu'il y avait quelque chose
APRÈS

On ne peut pas lui avoir menti
les anges au plafond en sont la preuve
cette lueur

ce rayon – qui provient peut-être du jour filtré par les persiennes à claire-voie –

cet espace qu'elle prend, qu'elle accueille, qui troue le plafond blanc – puisqu'il a remplacé le ciel – cet espace est pour elle

Ici apparaît
un visage
qui lui sourit

Pourtant c'est tout sauf une histoire confite en eau bénite, c'est une histoire sans Église, sans regard soumis, sans brebis égarée ni je tends l'autre joue, c'est juste un désir d'Envol

La vie éternelle elle y a cru toute sa vie
ce serait justice maintenant si ça pouvait être
VRAI

Maintenant faut vraiment aller jusqu'au bout, ce serait trop facile d'abandonner son personnage juste avant qu'il meure pour pas que ce soit trop dramatique ou trop feel-bad-book, trop facile aussi de le tuer d'un coup de pistolet ou d'une pirouette littérairement stratégique ou juste d'un petit crime de polar bien pourri, bien banal
faut aller jusqu'au bout
jusqu'au petit bout
de la Petite Mort
d'une Petite Main

même si ça ne rutile pas, même si ça ne brille pas, mais en fait, si !

Ça brille
ça brille de tous les feux d'une vie brûlante dont on n'a jamais su à quel point elle était brûlante

Plus la Main fut Petite
Plus la Mort est Grande

Priez pour elle (pauvre) non-pécheuse
sinon par omission

Car

pieuse, elle est pieuse, et ça la sauve, ça la sauve intérieurement et elle, dans sa croyance intime, vraiment elle ne dérange personne, ça lui fait juste du bien

comme les fidèles à l'église Saint-Antoine-de-Padoue viennent déposer des prières et des offrandes telle la photo de leur enfant chéri, malade ou disparu, en suppliant qu'il soit guéri ou retrouvé, ou au moins accueilli au paradis : et tout ce commerce, intime – je ne parle pas de celui des bimbeloteries religieuses des marchands du temple, dehors sur le parvis – ou plutôt cette relation personnelle qu'ils entretiennent avec Dieu ça ne dérange personne, c'est leur droit le plus strict, mince alors

c'est son droit d'essayer de vivre – et de mourir – le mieux possible, d'essayer d'être rassurée

pourquoi pas ? si ça ne fait de mal à personne

on peut vivre comme ça

tout bas

on n'a pas à s'en gausser, des gens qui croient, à sourire un peu ironiquement, à les railler ou les mépriser sans le dire, eux qui n'ont que la force – mais ont cette force – de prier

C'est un matin que ça se passe, un lundi à la veille de l'hiver, le 18 décembre exactement – tout ce qu'il y a de plus régulier, le début de la semaine, le retour au travail, il fait gris et froid, ce pourrait être un moment comme elle les affectionnait : les jours de semaine quand on part au travail et surtout les lundis matin où tout reprend son cours, elle aimait la régularité comme souvent ceux qui aiment prier –

elle est réveillée mais plus tellement consciente

– on va essayer de ne pas l'abandonner, je vous le promets, on va lui tenir la main jusqu'à son dernier souffle (et si les mots pouvaient redonner vie, crever le papier et insuffler un cœur battant aux personnages, c'est ici que je le leur demande !) –

donc elle a encore les yeux ouverts pour le petit déjeuner qu'on essaie de force de lui ingérer – les aides-soignantes et les infirmières sont à la bourre, elles lui fourrent d'office la cuiller de compote dans la bouche, faut qu'ça suive ! elles bossent constamment en sous-effectif, on ne leur accorde pas le temps de s'occuper de leurs patient(e)s comme elles le souhaiteraient – puis après voilà qu'elle se retrouve seule, sa plus jeune nièce est repartie la veille à Paris
il n'y a plus personne au chevet de son lit

Mais voyez-vous, là où c'est bien, c'est que ça ne lui fait plus rien : elle est en route pour autre part quelqu'un d'en haut lui a saisi la main

et quand l'infirmière, la même ou une autre car y a sans cesse du roulement, revient une demi-heure plus tard elle la trouve

les yeux grands ouverts

sur l'Ailleurs

Qu'est-ce que je peux dire d'autre pour ne pas l'abandonner juste à la fin de ce cahier, c'est allé trop vite, on a passé quelque temps – quelques lignes – avec elle et puis voilà, le cahier va se refermer

Elle est là-haut, ils l'ont accompagnée
ils l'ont tous portée dans leurs bras
on aime à le croire en tout cas
nous aussi on a besoin de ça

Que reste-t-il ? pas grand-chose puisque demain ou même ce soir ou même tout à l'heure il n'y aura plus son corps dans la chambre, très vite il faut libérer les lieux pour une nouvelle arrivante sur la liste, c'est là qu'on se rend compte à quel point les murs n'ont eu aucune importance – ces murs-là, ceux de cette chambre –

rien n'a eu d'importance, ici

ni le lit qui l'a maintenue pendant des nuits précoces et sans fin

ni le petit bureau bien aménagé par son frère Louis

ni la télé fixée au mur par le charmant Damien

ni l'armoire avec ses habits dont elle n'a pas revêtu le quart ni rien

ni même la vue depuis la fenêtre – un bout du jardin de la maison : un carré d'herbe et puis des chaises de plastique coloré, empilées et prêtes à reprendre du service lors des animations de l'été, qu'elle n'aimait pas car il lui semblait que les vieux qu'on voulait amuser comme des enfants étaient devenus ridicules, des gosses ridés qui jouaient avec des ballons roses et des clochettes, ah non merci ! –

tout cet univers n'est pas l'univers de sa vie mais celui de sa non-vie : sa vie, c'était

AVANT ici

(et même son corps sur le lit de mort – son dernier lit de toute sa vie – il est tellement maigre, tellement amenuisé, qu'on se demande à quel moment il a à ce point diminué, et le (petit) problème c'est qu'avec sa tête rejetée en arrière – comme renversée dans une extase – elle a la bouche grande ouverte et l'agent de chambre mortuaire n'arrive pas à la lui refermer, dans une autre vie mieux configurée ou plutôt dans un conte de fées elle aurait attendu qu'un prince charmant vienne lui faire un baiser pour clore cette sorte de prière mais là non, elle est juste comme un oisillon qui attend la becquée)

Un jour, plus tard, on revient, on pénètre dans la maison de retraite où elle n'est plus, où il ne reste plus rien d'elle

ni le son de sa voix, ni le parfum de son corps

car elle n'a pas imbibé ces murs

elle campait là en passagère
en prisonnière
SAUF :

« ses affaires », nous dit l'infirmière demeurée la plus proche d'elle, celle qui l'a soignée jusqu'au bout – un peu émue même si elle en voit passer, dans tous les sens du terme, mais Marcelle, nous confie-t-elle, « était toujours aimable, toujours le sourire, franchement je vous le dis c'est pas le cas de tout le monde » – et qui nous rejoint : « Voilà j'ai tout entreposé dans cette pièce au rez-de-chaussée, surtout prenez votre temps et ce que vous ne voulez pas garder eh bien mettez-le de côté, nous on pourra le donner à des personnes ou à des associations qui en ont besoin, notamment les vêtements »

Une fois le tri fait – là aussi on passe les détails – ce qui reste c'est-à-dire ses choses, ses « p'tites z'affaires » comme elle disait, ont si peu de valeur – pécuniaire d'une part, d'autre part elles sont si désuètes, même pas vintage – qu'on ne peut rien en tirer

Y a rien à récupérer
de cette vie peu visible :
trois cartons, quatre peut-être – mais le quatrième est petit –
ça tient dans ça, toute sa vie

Et là, en voyant ces cartons qui occupent si peu de place dans la vaste salle de réunion – en plus on peut les empiler – on comprend, on réalise enfin ce que c'est

De même que ses affaires tiendront dans trois ou quatre cartons, de même ce qui reste de sa vie administrative tiendra dans un seul classeur, peu épais

ça y est c'est fini circulez y a rien à voir
ça prend à peine de la place dans un tiroir
ça n'est que la vie peu flamboyante
d'une Petite Main
d'une assistante d'une secrétaire et d'une-à-tout-faire

C'est rien et c'est quand même tout
c'est une vie à égalité avec une autre
et je pèse mes mots
mes mots pour elle sont aussi lourds et pleins et charnus que pour d'autres vies qui seraient fortunées

Comptons les mots
Chacun chacune a droit à son lot de mots
égaux
Chacun chacune a droit à son épitaphe et à ses minutes de souvenir
égales

Quand même, on n'en revient pas qu'il reste si peu de choses d'elle, on s'interroge – sans l'avouer tout haut, on le garde pour soi car c'est suffisamment effrayant : « Mais alors c'est si léger que ça, une vie ? » –

pourtant elle aura eu une vie très longue
mais brève aussi, si l'on considère, sur le segment de temps accordé à son existence, le fragment muet durant

lequel son cœur s'est mis à battre plus fort, ses joues à rosir, son sourire à fleurir – un fragment de quelques mois à tout casser – comme plus jamais ça ne serait : pour Pierre Andersen

MAIS
plus de deux ans plus tard a lieu une découverte surprenante

lorsqu'en vidant la maison à vendre la nièce cadette découvre deux cahiers que Marcelle a entièrement remplis de son écriture régulière, à l'encre bleue – cahiers petit format, hyper minces : *32 pages/80 grammes*, et revêtus sur leur couverture, l'une rose et l'autre orange, du logo *Conquérant*, avec un guerrier à cheval qui brandit sa lance d'un air victorieux –

elle n'en a jamais parlé, on ne savait pas

elle a écrit sans une faute, sans presque une rature – parfois juste un ajout signalé par une flèche – et sans brouillon, au contraire de Marie-Louise la coquine

elle s'est offert ça en silence, elle veut faire *profiter ceux qui liront ces quelques lignes* des souvenirs qu'elle y évoque car ce qui est incroyable, c'est qu'elle n'a élu sur ces pages que des souvenirs heureux

elle a décidé de ne raconter que des choses qui lui font du bien, en les couchant sur le papier

et sous sa plume ça revient sans cesse : *On était heureux, dans cette maison, entre nous, avec la famille* car elle rappelle surtout les jours vécus à la Colline rouge, les grands repas d'été quand on dégustait la friture – ablettes, goujons, perches arc-en-ciel –

elle adoucit tout, d'un geste d'écriture
elle adoucit son histoire mais son image aussi
on aimerait ne garder que ça, d'elle, ces quelques mots qui achèvent ou plutôt bordent le cahier rose :
La Loire coulait doucement, nous l'entendions, la lune se reflétait en elle
Nous prenions le bateau, descendions le fleuve, toujours ce calme, c'était beau

On se dit alors que, peut-être, on a tout faux
on n'aurait pas assez pris en compte
cette douceur
ce sourire ?

On aurait noirci le tableau
on aurait fait œuvre de trahison en lui prêtant une vie de papier plus austère que ne le fut sa vie de chair ?

(ou encore, ce serait donc sa FOI ?... qui lui accorderait cette force de se sentir – de se croire – heureuse ?)

On ne savait pas
on ne croyait pas
on ne l'avait pas vue comme ça

Ça entrouvre et même déchire un peu le tissu, qu'on se figurait mat et sombre, de son existence

on entrevoit une trouée de lumière

On va conserver plutôt cette image d'elle, n'est-ce pas ?
On va se consoler avec celle de l'eau
qui calme
qui apaise
qui nous susurre que tout va tout vient
et tout s'en va de même

On va contempler la Loire, longuement,

assise, tranquille, sur le talus pelé qui surmonte la berge tout emmêlée d'algues

On se prend à rêver, devant l'eau hypnotique,

on se prend à songer, au fond de soi, que souvent on ne connaît que les effets, dans la vie des gens, et non les causes – profondes, enfouies, celles qui vous donnent des rides, vous durcissent le regard et vous octroient, tel un cadeau empoisonné, un fichu ou un sacré caractère –

on ne connaît jamais toute leur vie – de même qu'on ne se connaît pas vraiment soi-même –

alors on observe les effets
on juge, on accole, on croit comprendre,
mais on ne devrait, en fait, jamais juger personne.

Achevé d'imprimer par
LABALLERY NOUVELLE IMPRIMERIE,
en mai 2023
N° d'imprimeur : 304704
Dépôt légal : août 2023

Imprimé en France